Rapshoved
Melpose

Peter Thage Wyss

Rapshoved
Melpose

Roman

Bogen er sat med Calibri
Forlag: BoD – Books on Demand, København, Danmark
Tryk: BoD – Books on Demand, Norderstedt, Tyskland

ISBN: 978-87-71-70288-0

www.peterthagewyss.com

TRUE! – nervous - very, very
dreadfully nervous I had
been and am; but why will
you say that I am mad?

Edgar Allan Poe

ALBERT VON RASPUTIN RAPSHOVED
MELPOSE DEN ANDEN

*

HAPPY END
Lad os tage det sidste først.

Der er ingen happy end. Jeg siger det fordi jeg ved at der er dem, der håber på en happy end og bliver slemt skuffede, hvis der ikke er en. Hermed er de advaret. Til sidst har jeg en yderst ubehagelig drøm, hvor jeg vandrer om i skoven i nattøj ved vintertide på jagt efter en kiosk med et bredt udvalg af tidsskrifter. Der er også en drøm om at drikke hindbærbrus og efterfølgende glemme alt.

Sådan cirka slutter det.

Lige nu er jeg i et strålende humør. Men til sidst er jeg bare trist og ulykkelig. Helt til hundene. Dem der håber på en happy end, bør holde sig langt fra den sidste halvdel af bogen. Men de kan roligt give sig i kast med de følgende sider. Der er en hel masse små perler af historier som mestendels ender i fryd og gammen.

Jeg vil bede disse personer være opmærksom på Ulivet. Ulivet indvarsler bogens forskydning i retning af blæksort mørke og evig ulykke. Læs forsigtigt, når Ulivet melder sig.

Så er der selvfølgelig også dem, der ikke kan bruge en happy end til noget som helst. Dem vil jeg bede være tålmodige. Der er desværre en del lykke de må igennem, men det kan betale sig. Til slut ser det virkelig sort ud. De har noget at glæde sig til.

Godt, jeg er nået frem til begyndelsen.

*

ORIGINALMANUSKRIPTET
Jeg kom til at kalde det her for en bog. Det var lidt uheldigt og jeg er ikke glad for det.

Lad mig præcisere. Det er forlaget, som har haft deres møje med at samle den bunke af spredte papirer sammen, som jeg har proppet i en kuvert og tilsendt det. Ikke mig. Jeg har ikke gjort mig umage for at gøre indtryk. Forlaget skal også have noget at lave. Nu ser det hele rent og velorganiseret ud. Det er ret ærgerligt.

For det tilfælde at du vil tilnærme dig originalmanuskriptet, vil jeg foreslå dig følgende. Smid bogen et par gange i gulvet. Rigtigt hårdt. Riv og flå i den. Kros siderne. Hæld to kopper skoldhed kaffe over den. Klip ryggen op. Nu er du nødt til at afvente en rigtig skylle af et regnvejr. Kast alle siderne ud af vinduet om aftenen. Næste morgen kan du hente dem igen. Saml dem sammen i tilfældig orden. Fint, nu må du læse.

Omtrent sådan tog originalmanuskriptet sig ud.

Forlag er helt vilde med sådan nogle ting. De elsker personlighed og kaffepletter og udtværet håndskrift. Det er en udfordring. Jeg er bange for at de har for få udfordringer.

*

MEDVIRKENDE
Jeg ved ikke hvordan du har det med at lære folk at kende. Personligt bryder jeg mig ikke om det. De fleste folk er ikke meget værd og kedelige. Så bliver man bare skuffet.

Nå, men du er altså nødt til at lære et par at kende, hvis du vil fortsætte her. Ikke så mange, bare rolig.

Der er min far, som er død. Så er der mine to søstre, Marie og Esmeralda, og min bror Frederik. Min mor er også med. Hun spiller dog en mindre rolle. Det er lidt synd for hende.

Måske er det også bedre sådan. For min mor. Hun er et fint menneske. Måske er det derfor hun spiller en mindre rolle. Måske er det generelt sådan at fine mennesker spiller små roller. Jeg håber ikke det er tilfældet. Men jeg kan ikke udelukke det.

Det var egentlig dem alle. Se, det var jo ikke så slemt, vel?

Der er selvfølgelig også en masse dyr. Dem må vi ikke glemme. Hvis du har noget mod dyr, vil jeg anbefale dig at holde op med at læse. Så er det her ikke en bog for dig.

Senere i bogen er der en del katte. Hvis du er katteelsker, har du altså noget at se frem til. Der er også en død papegøje med. Nu har jeg sagt det. Ikke at du pludselig bliver forskrækket.

Og så er der selvfølgelig mig selv.

Vi skal nok komme godt ud af det med hinanden.

*

FORORD, EFTERSKRIFT
Du har sikkert bemærket at bogen ikke har et forord. Jeg beklager. Selv er jeg vild med forord. Og efterskrifter. Jeg kan vel lige så godt sige det med det samme. Hvis du bladrer om til de sidste sider, vil du også lede forgæves efter efterskriftet.

Det smerter virkelig det her. Selv er jeg den type læser, der ofte har nok i forordet og efterskriftet. Her finder man de ægte perler. Bekendelserne, indsigterne, Det Ægte.

Der er selvfølgelig en grund. Man har brug for én til at skrive forordet eller efterskriftet. En der kender én godt.

En fortrolig, en indviet.

Far ville gerne have gjort det. Det ved jeg. Især efterskriftet. Så han kunne få det sidste ord. Men han er jo død. På det punkt er jeg ret glad for at han er død, så han ikke kan insistere på at skrive efterskriftet. Mine søskende egner sig ikke til at skrive efterskrifter.

Nu ved du altså hvorfor.

*

TITLEN

Bøger har også titler, det vidste du godt, ikke? Det er en ret god idé det med titler. Så kan man lettere skelne bøger fra hinanden. Uden titler herskede vild forvirring.

Titlen på disse papirer er Rapshoved Melpose.

Måske var det dét som i første omgang fangede din opmærksomhed. Det lød spøjst, synes du. Du bladrede måske lidt omkring, ledte måske i første omgang efter forord og efterskrift og blev skuffet. Så lagde du mærke til mit navn, Albert von Rasputin Rapshoved Melpose den Anden. Du blev nysgerrig og måtte absolut vide mere.

Jeg er altså nødt til at forklare det med navnet.

Godt, lad os få det overstået.

*

NAVNET

Det var en eftermiddag midt på sommeren. Solen brændte fra en klar og blå himmel. Vi boede ude på landet i et faldefærdigt rødstenshus. Langt fra alt og alle.

Jeg var bare en knøs på fem år.

Far var i godt humør den dag.

Han fik sjove ideer og benede rundt. Øjnene rullede i deres huler. Så gav han mor et ordentligt smaskkys og forsvandt hovedkulds ind i rapsmarken. Da han kom ud igen, var hans hår knaldgult af raps. Han skraldgrinede. Vi grinede også. Også mor.

Det næste jeg kan huske er at han sad og spiste mel i køkkenet. Direkte fra posen. Med en ske. Vi synes det var skægt. Alt det han fandt på. Mor smilte. Det var et sammenpresset smil jeg aldrig havde set før. Far smilte tilbage. Hvid i hele hovedet.

Han så lykkelig ud.

Resten kan jeg ikke huske så godt. Kun visse ting.

For eksempel det med at man kan få sit navn ændret. Det lå hinsides min forestillingsevne. Jeg troede at man hed det man hed og færdig. Sådan er det ikke. Vidste du det? At du bare kan gå hen og få et nyt navn? Det var det far gjorde.

Da han tog af sted hed han det ene, da han kom tilbage hed han noget andet. Sjovt, ikke?

Han så pavestolt ud, da han fortalte os sit nye navn. Han kaldte os sammen. Vi kunne se på ham at det var et øjeblik af stor betydning. Så vi var selvfølgelig musestille.

»Jeg er Albert von Rasputin Rapshoved Melpose,« sagde han.

Han var nødt til at sige det et par gange. Albert von Rasputin Rapshoved Melpose. Det lød stort.

Ugen efter kom far på hospitalet.

*

MORTEN
Da han endelig kom hjem igen, var det mor, der hentede ham. Vi sad på sofaen, helt stille. Vi turde knapt trække vejret. Ikke at det skulle forstyrre far. Vi skulle kun sige noget, hvis far spurgte. Mor havde instrueret os nøje.

Far var ikke til at kende. Han var blevet tynd og havde fået stort skæg. Øjnene var meget blå. Havblå. De fik én til at tænke på havet. På umådelige dybder, på storme.

Da far så mig, smilte han stort, og kom hen og klappede mig på kinden med en bleg hånd.

»Er det dig, der hedder Albert von Rasputin Rapshoved Melpose den Anden?« spurgte han mig.

»Ja,« sagde jeg.

For mor havde sagt at vi ikke måtte modsige ham. Aldrig.

»Det tænkte jeg nok,« sagde far.

Fra da af var det mit navn. Det er det stadig. Mor fik det diskret ændret. Med mit samtykke. Det gjorde ikke noget. For at sige det lige ud, havde jeg aldrig rigtigt brugt mig om Morten. Vi skulle gøre alt for at holde far hjemme. Hospitalet var ikke hans kop te.

*

FORBANDEDE RAPSMARKER

Vi flyttede. Dybt ind i en skov. Væk fra rapsmarkerne. Mor kunne aldrig tilgive dem for hvad de gjorde ved far. Det var deres skyld det hele. De forbandede rapsmarker.

Mel havde vi aldrig i huset. Ikke at far skulle få et tilbagefald.

*

FANDENS BÆSTER, DE GRISE

Far talte med dyr. Det er der jo mange der gør. Men far *talte* med dem. Og de talte med ham. Med hunde, katte, høns og grise. Og alle mulige andre dyr, som krydsede hans vej. Især grise.

Mor var ikke så glad for det.

I den gamle stald, som havde stået tom så længe, fik far indrettet en større hønsegård. Vi fik to køer. Og så grisene. Far kunne ikke få nok af grise. De var hans et og alt.

»Jeg går lige over i stalden,« sagde han om aftnen.

Så sad vi tilbage i stuen. Og så fjernsyn. Eller læste. Eller spiste kage. Eller kiggede ud i luften. Det var vist på det tidspunkt mor for alvor begyndte at kigge ud i luften. Nogle gange hørte vi ham grine derovrefra. Så vidste vi at grisene rev vitser af sig.

»De er nogle fandens bæster,« sagde far, når han kom tilbage. »Dem er intet helligt.«

*

JEG ER NØDT TIL AT GØRE NOGET

Nu er jeg den eneste, der er tilbage i det gamle hus. Far er død. Mor også. De andre er flyttet ud. Marie, Esmeralda og Frederik. De kunne ikke komme hurtigt nok væk.

Stalden er tom. Jeg nærer en dyb mistillid til grise.

Ellers er jeg glad for dyr.

»Du er et egenrådigt barn,« havde far engang sagt. »Og opfarende. Og du surmuler altid.«

Jeg lukker øjnene. Jeg ved ikke hvad der er blevet af mig. Jeg bor alene. Ude i skoven. Jeg sidder ved havebordet og glor intenst på huset. Det har set bedre dage. Det har jeg også. Vi er begge i forfald. Jeg drikker lunken kaffe. Kaffe gør godt.

Jeg er nødt til at gøre noget.

*

KLADDEHÆFTER

Jeg går ind på det, som far kaldte kontoret. Der er rodet og støvet, og det lugter tørt af ældgamle dage. Af far. Jeg roder i nogle gulnede papirer. Flytter rundt på DENGANG. Indtil jeg finder et af de gamle, sorte kladdehæfter, som far ofte skrev i.

Far skrev sine samtaler ned i de hæfter. Kun dem med dyrene. Ikke med os. Eller med mor. De skulle bevares for eftertiden, sagde han. Så man vidste hvad grise og andre dyr tænkte og sagde før i tiden. Det var ham vigtigt. Han kunne sidde i dagevis derinde. Og skrive.

Mor brændte dem alle, da han døde.

Jeg fandt et hæfte frem. Bladrede i det. Det var ubeskrevet. Jeg fandt også en forbidt blyant. Jeg tog det med mig. Udenfor. Jeg satte mig ned. Og rejste mig igen. Jeg hentede kaffekanden og skænkede mere lunken kaffe op. Kaffe gør godt.

Jeg spidsede blyanten med min lommekniv.

Hæftet åbnede jeg på den første side. Jeg bed forsigtigt i blyanten. Det hele kom tilbage. Væltende ind over mig. Den smagte af far. Og det føltes som satte han sig ved siden af mig.

»Du skal skrive nu,« sagde han. »Om dyr.«

»Ja,« sagde jeg.

*

AT SKRIVE

Det var sådan det tog sin begyndelse. Med historierne. Hvis far ikke havde ændret sit navn, havde jeg vel aldrig sat mig ned ved havebordet med min lunkne kaffe og skrevet.

En humlebi summede forbi. Et par myrer kravlede på bordet. Det svirpede af svaler i luften. Katten sad henne på hegnspælen og iagttog mig fuldstændigt uinteresseret.

En elefant, tænkte jeg. Den første historie skal handle om en elefant.

*

EN ULYKKELIG ELEFANT

Der var engang en elefant, som var godt træt af at være elefant. Den var godt træt af at trampe rundt ude på savannen. Og den var godt træt af junglen. Den var godt træt af sine store ører. Den var godt træt af de andre elefanter og alle andre dyr. Den var også godt træt af sin snabel. Og når en elefant er træt af sin snabel, er det ikke godt.

Lykkelige elefanter, det er dem, der er rigtig glade for deres flagrende ører, og for savannen og junglen, og for at trampe rundt og lave larm og pruste med snablen.

Sådan var det altså ikke med den her elefant. Og derfor tog den ind og boede i byen. Det var sådan en storby med højhuse og undergrundsbane og folk, der vimsede rundt i alle retninger og havde mægtigt travlt. Du tænker nok det må være temmeligt svært for en elefant at bo der. Det var det også. Tænk bare på, hvordan en elefant skal gennem en dør. Eller ind i en bus. Eller gå og købe ind. Eller tage tøj på, for i byer har man nemlig tøj på. Eller få sig et arbejde, så man kan tjene penge, i byer har man nemlig brug for penge. Det var alt sammen meget svært for elefanten. Det kan du nok forstå. Men alligevel gjorde den sig umage og væbnede sig med tålmodighed. Den sagde til sig selv, engang bliver alt nemmere.

Men det blev det ikke.

Folk kan nemlig heller ikke så godt lide, hvis der går en elefant rundt i byen og vil med bussen og på arbejde og tjene penge. De kan godt lide at der er elefanter i zoologisk have og i cirkus, og selvfølgelig også ude på savannen og i junglen, men ikke lige inde i byen. Nej tak!

Nu tror du nok det ender med at elefanten tager tilbage til de andre elefanter igen og bliver glad for sin snabel og sine ører, og alt det andet, den ikke var glad for før. Nej, sådan ender det ikke. Den blev heller ikke i byen, hvis du tror det. Og nej, den fik ikke hyre i et cirkus eller i en zoologisk have. Du er nok temmelig skuffet.

Nej, der skete det, at den ved et tilfælde lærte en giraf, en flodhest og et næsehorn at kende, som var velhavende og havde ladet bygge et mægtigt flot slot ude på landet, hvor der var god plads til store dyr, som havde nok af savannen. Og da de kom godt ud af det med hinanden, lod de elefanten flytte ind.

Og der var den lykkelig. Lige til sine dages ende. Du tror det er løgn? Nej, det er ikke løgn!

*

HELST IKKE FOR MANGE
Jeg kigger spørgende på far.

»Mener du sådan her?«

»Ja, det er fint,« siger han.

»Må der også godt være mennesker i historierne?« spørger jeg.

»Helst ikke for mange,« siger far.

*

MANDEN DER KUNNE LIDE AT TÆLLE
Der var engang en mand, der kunne lide at tælle. Først kunne han selvfølgelig ikke tælle til så meget. Først en, så to, så tre, og efter lidt øvelse, kunne han tælle til ti. Og derpå til tyve. Og snart til hundrede. Og derpå til tusinde. Og så lærte han at tælle til en million. Det er svært, det kan jeg godt sige dig.

Nu er der noget, jeg har glemt at fortælle. Og det er at det manden kunne lide at tælle, var dyr. Han talte kun dyr. Noget andet gad han ikke tælle. Det var for kedeligt.

Det gør det hele lidt sværere, det med dyrene. Forestil dig du skal tælle til en million dyr. Eller insekter. Så skal man gøre sig umage, dyr og insekter sidder jo ikke stille og venter på at blive tællet. De vralter væk, flyver bort, svømmer af sted, graver sig ned.

Han talte grise, katte, muldvarpe, gråspurve, fluer, torsk, myg, myrer og ål. Alt hvad han fik øje på af dyr, talte han. Det var faktisk lidt ærgerligt. Hvis han ville hen og købe ind, og så kom der lige en sværm myg, som han var nødt til at tælle. Så hændte det tit, at der var lukket, når han endelig var færdig, og så måtte han gå sulten i seng. Den stakkel. På grund af de pokkers myg!

Så skete der det at hans liv tog en drejning.

Sådan er det nogle gange med livet. At det tager en drejning. Det kan dreje sig i mange retninger, hvis du ikke vidste det. Op og ned, frem og tilbage. Og det på de mest mærkelige tidspunkter.

Og det der skete, var at han fandt ud af at det var mere bekvemt at tælle inde i hovedet. Dyr som han forestillede sig. Så kunne han sidde derhjemme i stuen i sin behagelige lænestol og i ro og mag tælle løs. Det gjorde han så. Dag ud og dag ind sad han derhjemme og talte. Nogle gange blev det langt ud på natten før han var færdig. Nogle gange sov han ind lige som han var godt i gang med at tælle, og det var ærgerligt, for så måtte han begynde forfra næste morgen, fordi han glemte, hvor langt han var kommet.

Så tog hans liv en drejning igen. Sådan er det nemlig med livet. At det kan dreje sig mange gange. Først drejer det sig den ene vej og derpå drejer det sig den anden vej.

Han besluttede sig for kun at tælle dødsensfarlige dyr. Som for eksempel kvælerslanger eller gorillaer eller giftige edderkopper eller piratfisk. Det er faktisk farligt. Tænk bare, hvis du kun kan tælle én gorilla, så har nok allerede problemer. Hvis du kan tælle tre kvælerslanger, så er det i hvert fald ikke godt. Han måtte også ud på farefulde rejser for at finde alle de dødsensfarlige dyr. Det gjorde det ikke bedre!

Heldigvis tog hans liv endnu en drejning. Han var efterhånden ved at blive lidt rundtosset med alle de drejninger, hans liv tog. Har dit liv måske taget så mange drejninger? I alt fald er jeg glad for at hans liv drejede sig igen, ellers var han nok død.

Det der skete, var at han holdt op med at tælle. Bare sådan fra den ene dag til den anden. Det var jo egentligt kedeligt. Og hvorfor var det også lige han altid talte? Pludselig vidste han det ikke mere og måske havde han aldrig vidst det. Han gad ikke mere. Så enkelt var det.

Til sidst kommer så slutningen. Eller omvendt sagt, til slut kommer så det sidste. Det er her. Det traf sig så heldigt at manden var kommet i den alder, hvor man gifter sig. Så det gjorde han. Og han var også kommet i den alder, hvor man får børn. Så det fik han. Tilmed var han kommet i den alder, hvor man får venner, går i biografen og på restaurant og får sig et spændende arbejde, som man er godt tilfreds med. Så alt det gjorde han.

Og dermed ender alt lykkeligt. Heldigvis. For han døde næsten, da han ville tælle to løver.

*

PIGEN DER IKKE BRØD SIG OM AT HAVE TANKER INDE I HOVEDET
Der var engang en pige, som ikke brød sig om at have tanker i hovedet. Forstå mig ret. Det at tænke havde hun egentlig ikke noget imod. Men hun synes det var modbydeligt at tankerne netop skulle være i hovedet. Så var de jo lukket helt inde.

Heldigvis var hun en fornuftig pige, hvis hun ikke havde været en fornuftig pige, var det gået meget slemmere. Og tro mig, der findes ufornuftige piger og selvfølgelig også drenge nok. Så vi kan prise os lykkelige over at pigen var fornuftig. Det er en umådelig god egenskab.

Hun gjorde nemlig det (fornuftige), at hun skrev sine tanker ned, for på den måde at få dem ud af hovedet. Det var en god idé. Ikke så snart havde hun skrevet dem ned, var de væk. Hun skrev dem ned overalt, hvor hun kunne komme til det. På papir, men også - hvis hun ikke lige havde papir ved hånden - alle mulige andre steder. På væggen, på gulvet, i hånden, på benet, på tøjet, på sin bror, på sine forældre, på sædet i bussen, på fortovet, på biler. Det synes du måske ikke lyder så fornuftigt.

Forkert. Det var fornuftigt!

Hun gav sig til at skrive bøger. Hun skrev mange bøger. Hun kunne jo slet ikke lade være med at skrive. Og hun skrev simpelthen alle de tanker ned, der lige faldt hende ind. Og hun blev virkelig af med mange tanker.

Men det som irriterede pigen var, at ikke så snart var hun blevet af med en tanke, før en ny dukkede op. Og når hun var blevet af med den, dukkede endnu én op. Det er faktisk temmeligt irriterende, når man ikke bryder sig om tanker i hovedet.

Men som sagt, hun var fornuftig. Så hun fortsatte tålmodigt med at skrive bøger. Hun skrev og skrev, og det føltes som om hun aldrig ville holde op med at skrive. Selv om man er fornuftig, kan man godt være ulykkelig. Og det var hun. Hun var ulykkelig, fordi det lod til, at det ikke var til at få alle de forbistrede tanker ud af hovedet.

Men så en dag havde hun ikke flere tanker i hovedet. Hun havde virkelig fået dem alle sammen ud. Rub og stub. Det var sket med flid, tålmodighed og fornuft. Gode dyder.

Uden tanker kan livet godt være lidt kedeligt. Det fandt hun selvfølgelig først ud af bagefter. Det er ikke sådan noget man kan vide på forhånd. Eller som man lige overvejer.

Derfor købte hun sig en kat, to hunde, tre kaniner, fire geder, fem heste, seks køer, syv papegøjer, otte hvide rotter, ni kalkuner og et akvarium med en torsk. Det er måske lidt mærkeligt at have torsk i et akvarium, men ikke desto mindre var det, hvad hun havde i sit akvarium. Og hvis vi spørger hende hvorfor, er jeg sikker på hun har et fornuftigt svar på rede hånd. Med alle de dyr var hun godt beskæftiget, og hun behøvede altså ikke kede sig mere. Heldigvis!

Og hun levede lykkeligt til sine dages ende.

Vidunderligt og tankeløst lykkeligt!

*

HISTORIEN OM EN UALMINDELIGT LYKKELIG ABE

Der var engang en lykkelig abe. Den var ikke bare almindeligt lykkelig, men virkelig ualmindeligt lykkelig. Og det der gjorde aben så lykkelig, var ALLE DE SMÅ TING I HVERDAGEN. Det var det at spise en banan, at svinge sig rundt og komme med sjove abelyde. Sådan noget. Alt det som aber fordriver deres tid med.

Det synes du måske lyder fint nok. Desværre. Det var slet ikke godt! Tænk engang over det. Lad os sige, du er en abe. Du spiser en banan eller svinger dig lidt rundt og synes det er helt i orden, men så heller ikke mere. Det er jo bare hverdag. Men så kommer den her ualmindeligt lykkelige abe, og ligesom dig spiser den en banan og svinger sig lidt rundt, og det er tydeligt hvor ualmindeligt lykkelig den er. Så smager din egen banan pludselig ikke helt så godt mere og det at svinge sig rundt taber sin glans. For hvorfor kan du ikke være lige så ualmindeligt lykkelig som den ualmindeligt lykkelige abe? Det er ubegribeligt. Det er snyd!

Så bliver du sur på den. Jo, det bliver du. Der kommer den og ødelægger det hele, og det gik jo ellers lige så godt. Og det er ikke bare dig. Alle aberne blev faktisk sure på den.

De blev så sure at de ikke ville have noget med den at gøre. Så måtte den gå sin vej. Nå, hvis man er en ualmindeligt lykkelig abe, lader man sig ikke gå på af den slags. Men lige meget hvor aben kom hen, fik de andre aber hurtigt nok af den og dens ualmindelige lykke.

Til sidst blev den ensom. Så var det slut med at være ualmindeligt lykkelig. Den blev meget ensom. Ja, man kan sige den blev ualmindeligt ulykkelig. Det blev den altså.

Heldigvis skete der det, at den lærte en anden abe at kende, som havde været ualmindelig ulykkelig hele sit liv. Den var der heller ikke andre aber, der ville have noget med at gøre. Det synes jeg er lidt sjovt. At aber er sådan. Som om de slet ikke kan lide noget ualmindeligt. Men sådan er det åbenbart. Det kan jeg ikke ændre ved.

Der sker nu det interessante, at de to aber kommer godt ud af det med hinanden. Og de blev (ualmindeligt) lykkelige sammen. Og da den ene var en hun og den anden en han, fik de en hel bunke abeunger, som hver på sin vis var ualmindelige. En var ualmindeligt fræk, en var ualmindeligt velopdragen, en var ualmindeligt sulten, en var ualmindeligt god til at klatre, en var ualmindeligt almindelig.

Og det synes far og mor abe var helt fint. De levede alle ualmindeligt lykkeligt til deres dages ende! Hele banden.

*

MÅREN MED DEN RØD- OG BLÅSTRIBEDE PARAPLY
Der var engang en mår som altid gik med paraply. Ligegyldigt hvordan vejret var, havde den sin rød- og blåstribede paraply slået ud. De andre dyr grinede af den, når den kom anstigende sådan i strålende solskin. Der skal ikke meget til før dyr griner. En paraply er nok.

Men måren var ligeglad, for den vidste at engang ville syndfloden komme og så var den godt forberedt. Grin I bare, tænkte den, løftede snuden og gik videre.

Ellers var den helt normal.

Kun lige det med paraplyen var lidt specielt.

Men så kom syndfloden virkelig. Himlen åbnede sine sluser. Vand skyllede ned i stride strømme. Og måren med den rød- og blåstribede paraply smilte. Endelig, tænkte den.

Man kan aldrig være for godt forberedt.

*

VERDENS HØFLIGSTE MULDVARP

Der var engang en muldvarp. Det var verdens høfligste muldvarp. Den vidste ikke noget bedre end at være høflig. Der findes muldvarpe, der er meget glade for at grave og for at lave fint formede jordhøje. Men sådan var det ikke med den her muldvarp. Den var høflig. Den allerhøfligste, faktisk. Den gik rundt og hilste høfligt på andre. Den snakkede høfligt med andre muldvarpe om vejret, om jorden. Om alt det muldvarpe snakker om.

Den var en sand mester i høflighed. Det var den. Det traf sig så heldigt at den boede ude på landet. Det er der en del muldvarpe, der gør. Men slet ikke alle, hvis du tror det. På landet er alle høfligere, det ved alle og enhver. Især dem i byen ved det. På landet hilser alle muldvarpe på hinanden. Høfligt eller uhøfligt, men de hilser. Og de snakker med hinanden, om de har lyst til det eller ej. Om vejret, om jorden og alt det andet muldvarpe snakker om. Så man har det nemmere som verdens høfligste muldvarp.

Nu har jeg ikke nævnt det endnu. Men den her muldvarp var stadig bare en muldvarpeunge. Og nu skete der det, at dens forældre besluttede sig for at de ville flytte til byen. Ja, til storbyen. Byer kunne slet ikke blive store nok for dem. De sværmede for alt det, man kan gøre i kæmpe store byer. Sådan er det med visse muldvarpe. Tanken om at bo i en gigantisk by har fuldstændigt fordrejet hovedet på dem.

Hov, hvad er nu det? Du har aldrig hørt om sådan nogle kæmpestore muldvarpebyer og mener at jeg bare finder på det hele? Nej, det er sandt. Der findes muldvarpebyer. Nede under jorden, selvfølgelig. Måske havde du glemt at muldvarpe bor under jorden. Det gør ikke noget. Jeg glemmer af og til også ting og sager. Jeg forstår dig. Det er derfor de fleste ikke ved det. Fordi byerne er under jorden. Har du måske gravet rundt dybt nede i jorden for nylig? Det har du vist ikke. Se selv, derfor. Jeg kan godt lide at grave. Det er derfor jeg kender til de enorme muldvarpebyer.

Men vores ven, verdens høfligste muldvarp, brød sig ikke særligt meget om at bo i storbyen. Det er svært at være høflig der. Alle kan selvfølgelig ikke gå rundt og hilse på hinanden og snakke om vejr og jord, for dér vimser det rundt med muldvarpe, som ikke har tid til at stoppe hver andet øjeblik. I storbyen har alle travlt. Jeg ved ikke helt hvorfor, men sådan er det bare. Alle har ualmindeligt travlt. Det må vi acceptere.

Vores ven var ude af sig selv. Han hilste og hilste, så høfligt han kunne, og smilte og smilte. Men ingen hilste tilbage eller smilte eller var interesseret i at snakke om vejr og jord. Og man tog ham for at være en tosse, og hans forældre, der altid havde været så stolte af ham, blev bekymrede. De blev så bekymrede at de gik til en læge.

Lægen hilste høfligt på verdens høfligste muldvarp, og verdens høfligste muldvarp hilste høfligt på ham. Så smilte lægen og verdens høfligste muldvarp smilte tilbage. Så spurgte lægen ham lidt ud. Bare sådan om vejr og jord og sådan noget. Og det korte af det lange var, at lægen med det samme forstod, hvad der var galt. Det kan skyldes hans almindelige muldvarpekundskab eller at han selv kom fra landet eller at han kendte det ene og andet til høflighed. Eller alle tre dele.

Og lægen forordnede ham livslangt ophold på landet. Intet andet hjalp. Der fandtes ingen medicin. Ingen piller eller vacciner eller noget i den stil. Kun ophold på landet. Livslangt.

Det gode var at hans forældre også havde fået nok af storbyen. Der bor nemlig millioner af muldvarpe i en storby. Det havde de ikke lige tænkt på. At der bor så mange. At de ville flytte til byen, var egentlig bare en grille. Det er ofte sådan at muldvarpe har griller. Fikse idéer, som de kun kan få ud af hovedet ved at prøve dem af. Nu havde de altså prøvet det af. Og storbyen var ikke noget for dem. Slet ikke.

De flyttede altså på landet igen. Og blev der. Og vores ven, den høfligste muldvarp i verden, blev ikke længere betragtet som en tosse. Det beroligede forældrene. Og derfor kan jeg med sindsro tilføje. De levede lykkeligt (og høfligt) til deres dages ende!

*

JEG ER INGEN MULDVARP
Undskyld at jeg blander mig igen.

Der er noget jeg er nødt til at præcisere. Det er vigtigt. Den foregående historie kunne foranledige én til at tro at jeg er en muldvarp. Jeg skriver at jeg godt kan lide at grave og at jeg kender til mægtige muldvarpebyer. Sådan forholder det sig ikke. At jeg er en muldvarp, mener jeg. Jeg er et menneske. Ligesom dig.

Jeg beklager hvis det skulle være kommet til en misforståelse. Jeg beklager også hvis du nu er skuffet. Du havde håbet at jeg var en muldvarp. Det var mere spændende sådan. Og så er jeg bare et menneske, som interesserer sig for at grave. Hvor ærgerligt!

*

FLAMINGOEN SOM STOD PÅ ET BEN
Det her er en meget kort historie. Der sker stort set intet i den. Og dét der sker, er temmeligt kedeligt. Det siger jeg for at forberede dig. Så du ikke forventer dig for meget.

Dét der sker, er at der er en flamingo, der står på ét ben. Det gør den faktisk i hele historien. Nej, vent. Der var jeg for hurtig. Det passer ikke. Nu stillede den sig sørme på to ben. Men det er så også det hele. Det er det eneste flamingoen gør. Stå på et ben. Og så pludselig på to, når man mindst venter det. I det mindste det!

Jeg er rigtig glad for at den besluttede sig for at stå på to ben. Så bliver det hele mere spændende. Og historien bliver ikke helt så kort som jeg ved begyndelsen havde frygtet.

Men nu sker der altså virkelig ikke mere. Jeg har fortalt det, der er at fortælle. Udover at jeg kan tilføje, at flamingoen levede lykkeligt til sine dages ende. Og det synes jeg er ret sjovt. At der ikke skal mere til. Bare at stå på ét ben (eller selvfølgelig to), og så kan man alligevel være lykkelig til sine dages ende. Jeg er glad for at det er sådan.

*

DET LILLLE BARNS FORESTILLINGSEVNE
Det her er en børnebog. For voksne. Det er også en voksenbog. For børn.

Jeg anbefaler at en voksen læser disse historier højt for et barn (altså, et lille barn). Den voksne forstår sig bedre på at læse, mens det lille barn forstår sig bedre på historien. Når man bliver voksen mister man i vid udstrækning sin fantasi. Derfor er det vigtigt at det lille barn tager den voksne ved hånden og hjælper ham på vej.

Ellers er den voksne fortabt.

For det tilfælde at et stort barn (altså, et barn omtrent mellem ni og atten år) giver sig i kast med denne bog, vil jeg anbefale at det holder sig langt bort fra voksne, hvis der skulle opstå problemer med forståelsen. Tværtimod bør det opsøge et lille barn og spørge det til råds. Jeg ved af erfaring at det kan være svært for store børn at spørge små børn til råds. Men i dette tilfælde ser jeg ingen anden udvej.

Du er sikkert blevet irriteret på mig, hvis du er et stort stort barn (og altså tilhører gruppen af omtrent femten til attenårige). Du ærgrer dig over at jeg kalder dig et stort barn. Du er i hvert fald ikke noget stort barn. Du er nemlig voksen. Sådan tænker store børn tit. De har frygteligt travlt med at blive voksne, det ved vi alle. Det synes jeg er synd. I stedet burde store børn være mere bekymret om deres forestillingsevne. Men det er som om de er bedøvende ligeglade.

Dette er derfor mit råd til de store store børn (altså de femten til attenårige), og selvfølgelig også mit råd til de voksne. Pas på. Undervurder ikke det lille barns fantasi.

*

HISTORIEN OM TO FLODHESTE

Hele mit liv har det været mit største ønske at fortælle en historie om to flodheste. Alle har et eller andet de brænder. Det kan være alt muligt. Noget som er helt almindeligt eller fuldstændigt forrykt. Mit største ønske virker ikke så uopnåeligt. Det skulle ikke være så svært at fortælle en historie om to flodheste skulle man mene. Helt forkert!

Det er noget af det vanskeligste man kan forestille sig. Ikke så snart sætter jeg mig for at begynde på historie om to flodheste, før en tredje flodhest kommer til og vil blande sig i historien. Jeg beder den venligt om at gå sin vej. Jeg undskylder mig. Det skal være en historie om to flodheste. Ikke om tre. Men har du nogen sinde prøvet at overbevise en flodhest om noget. Ikke? Det er praktisk talt umuligt. Ingen forstår at snakke så godt for sig, at argumentere og diskutere, som en flodhest. Det derfor de har så store munde. Jo, sådan er det. Fordi de diskuterer så meget.

Desværre er jeg ikke selv så god til at argumentere og overbevise. Over for en flodhest må jeg give op. Med det samme. Den tredje flodhest får altså lov til at være med.

Selv om det så ikke bliver en historie om to flodheste, som det jo er mit største ønske at fortælle, kan det vel alligevel blive en fornøjelse at fortælle om tre flodheste. Godt, så vil jeg gå i gang. Men hvad nu? Der kommer en til flodhest anstigende. Den får mig lynhurtigt overbevist om at jeg simpelthen er nødt til at have den med. Okay så. Da jeg på ny skal til at begynde, kommer der endnu en flodhest. Sådan går det hele tiden. Og hver og en af dem argumenter formidabelt for sig.

Jeg kan intet stille op.

Som du kan forstå vil mit største ønske vel aldrig gå i opfyldelse. Jeg ville ønske jeg kunne ønske mig noget andet. Men hvordan jeg end vender og drejer det, kan jeg ikke finde på noget. Jeg ville ønske mit største ønske var at fortælle en historie om to mus. Jeg har hørt at mus er fåmælte og ikke velsignet med talekunstens gaver. Men desværre kan man ikke bare sådan »omønske« sit største ønske.

Jeg ved ikke hvordan jeg skal slutte. Jeg tør slet ikke sige at det kan hænde at man må lære at affinde sig med at ikke alle ens største ønsker nødvendigvis går i opfyldelse. Det tør jeg slet ikke sige. For der står tre millioner to hundrede og ni og tyve flodheste, som venter på at jeg endelig skal få begyndt! De er ved at blive utålmodige.

*

DEN BENGALSKE TIGER SOM IKKE VAR EN BENGALSK TIGER
Der var engang en bengalsk tiger (som lignede en afrikansk elefant som lignede et australsk dovendyr som lignede en frø, en af de grønne, vi kender så godt fra de danske gadekær).

Du kender nok den her historie. Den er nemlig meget kendt.

Frøen (som altså lignede et australsk dovendyr som lignede en afrikansk elefant som lignede en bengalsk tiger) tog toget til verdens ende. Der er gode forbindelser. Især på hverdage. Der er mange, der arbejder dér, ved verdens ende. Derfor!

Den skulle altså ikke vente sønderligt længe ved perronen og der gik et lyntog, som heldigvis ikke standsede ved alle de små stationer ligesom bumletogene gør det. På turen spiste den sin medbragte madpakke og drak en kop kaffe. Det var der god tid til. Der er nemlig langt til verdens ende. Den skulle altså ikke skynde sig. Og det var godt, for den nød at tage det med ro og have tid til at kigge ud på landskabet.

Nu sker der så en uventet drejning. Det er sådan noget der gør historier drønspændende. Den har nemlig glemt at stemple sin billet. Det sker også hele tiden for mig. Jeg køber en billet og så tror jeg alt er i orden. Men det er det overhovedet ikke. Og jeg er prisgivet konduktørens lune. Om han eller hun har fået det forkerte eller det rigtige ben ud af sengen. Det er ikke sjovt at være prisgivet en konduktørs lune. Men den bengalske tiger (som altså lignede en afrikansk elefant som lignede et australsk dovendyr som lignede en frø) var heldig. Konduktøren havde fået det rigtige ben ud af sengen. Puh! Det var spændende!

Ved verdens ende, som jo er endestationen kan man forstå, steg den ud, købte sig en is i kiosken og et par postkort, som den skrev efter at have spist til middag i en udemærket restaurant. Den skrev noget med at den nød turen til verdens ende i fulde drag, vejret var strålende, solen skinnede og den hyggede sig med at spadsere rundt. Derpå gik den lidt på sightseeing og kiggede lidt på verdens ende. Det er et formidabelt sted for en dagudflugt, men bo der vil man alligevel ikke.

Frøen (som altså lignede et australsk dovendyr som lignede en afrikansk elefant som lignede en bengalsk tiger) tog det sidste tog hjem. Denne gang huskede den at stemple billetten. Man lærer af sine fejl. I hvert fald nogle gange. Hvis man har en god hukommelse. Derhjemme gik den på hovedet i seng. Den var uendeligt træt.

Dagen derpå modtog jeg et postkort fra frøen. Om at den havde været ved verdens ende. At vejret var strålende. At den hyggede sig. Men nederst på kortet i et hjørne havde den tilføjet, med usikker skrift, at den aldrig nogensinde ville vende tilbage. Jeg blev bange og ringede til frøen. Men den blev sur og ville ikke vedkende sig at have skrevet det. Den påstod det var et frækt postbud, der havde tilføjet det.

Ja, du ved selvfølgelig hvordan det ender.

Sådan ender historier jo næsten altid om dyr, der ligner andre dyr, som de altså ikke er. Den bengalske tiger (som lignede en afrikansk elefant som lignede et australsk dovendyr som lignede en frø) forsvandt fra den ene dag til den anden. Og selv om jeg tog toget helt til verdens ende og ledte efter den, fandt jeg den aldrig.

*

FLUEN DER IKKE VIDSTE HVAD DEN SKULLE TAGE SIG TIL
Der var engang en flue, der ikke vidste, hvad den skulle tage sig til. Den vidste det virkelig ikke, men den vidste at det var nødvendigt at finde på noget så hurtigt som muligt.

Noget der fyldte det hele.

Den prøvede alt. Den sværmede. Den parrede sig. Den fløj folk om næsen og var en plage. Den satte sig på kolorte, hestepærer og hundelort. Den fløj baglæns og sidelæns og lavede loop. Den summede højt. Den fløj lydløst. Den pudsede sine vinger.

Kort sagt, den gjorde alt der stod i dens magt som flue.

Men intet fyldte det hele.

Heldigvis forholdt det sig sådan at den var en viljestærk flue, der ikke sprang over hvor gærdet var lavest, så den prøvede det hele én gang til, og bagefter nok én gang. Og én gang til.

Alt prøvede den. Den sværmede. Den parrede sig. Den fløj folk om næsen og var en plage. Den satte sig på kolorte, hestepærer og hundelort. Den fløj baglæns og sidelæns og lavede loop. Den summede højt. Den fløj lydløst. Den pudsede sine vinger.

Så døde den pludselig.

*

MYREN DER GIK SINE EGNE VEJE

Du kender det nok også. Ønsket om at skrive om myrer. Om deres levned og meninger. Om hvad veje de går.

Jeg tror det er et almindeligt ønske.

Længe turde jeg ikke give mig i kast med det. Det forekom mig at jeg var på gyngende grund. Jeg vidste for lidt om myren. Den var for hemmelighedsfuld. Derfor begyndte jeg metodisk at følge myrer. Jeg udvalgte mig en myretue og derpå en myre, som jeg konsekvent fulgte i hælene på. I dagevis er jeg fulgt i hælene på myrer. Jeg har ikke bestilt andet. Det var en lektion. I livet!

Du kender sikkert til det, hvis du også har iagttaget myrer. Det kan tage sig ud som om myrer ingen anelse har om, hvor de kommer fra og hvor de er på vej hen. De spadserer rundt, fuldstændigt uden mål og med.

Forkert!

Myrer følger altid et mål. De ved altid hvor de vil hen. Deres skridt følger en anden foruddefineret logik, som vi slet ikke er i stand til at nærme os. Vi tror blot det handler om flid. I virkeligheden ved vi ingenting.

Men så skete, der noget, jeg ikke havde forudset. Efter ugelange, intense studier af myren. Jeg fandt frem til en myre, der gik sine egne veje. At finde sådan en myre, er sværere end at finde et firkløver.

Den her myre gik virkelig sine egne veje. Der var ingen tvivl om det. Den blæste myretuen et langt stykke. Den var ligeglad med sine forpligtelser. Hvad de andre myrer foretog sig, var den komplet ligegyldigt. Den havde sit eget at se til. Denne enestående chance lod jeg ikke gå min næse forbi. Nysgerrigt fulgte jeg efter og lod mig føre med af dens lyst og lune.

Og vi gik ud i en rislende skovbæk og svømmede sammen (den var en fortrinlig svømmer). Vi var på biblioteket (den holdt af Dickens). Vi var på McDonald's (og fik cheeseburgere). Jeg betalte. Den fik pludseligt mægtigt travlt og gik bare. Vi var på Betty Nansen (nymodens teater, ikke lige min kop te). Alligevel var det mig, der måtte betale. Da den ville i Tivoli og have turpas og det hele, sagde jeg stop. Langsomt var det gået op for mig, at myren udnyttede mig. Jeg var dybt skuffet.

Jeg lod den forstå at jeg ville advare eftertiden om myrer, der går deres egne veje. De er udspekulerede, fordrømte og listige charlataner, som ikke ejer et gram ære!

Hermed gjort.

*

DET ER SVÆRT AT VÆRE VOKSEN
Du har nok spurgt dig selv om, hvorfor jeg mestendels skriver om dyr. Godt, indrømmet, jeg skriver af og til også om piger og drenge, og det kan ved sjældne lejligheder hænde at jeg skriver om voksne. Men for det meste skriver jeg om dyr.

Og du spørger dig selv, hvorfor?

Det er fordi jeg forstår dyr. Kort og godt. Piger og drenge forstår jeg desværre blot tilnærmelsesvist. Voksne forstår jeg højst i sjældne tilfælde og kun dårligt. Jeg bryder mig ikke om at skrive om noget, jeg ikke forstår. Så er jeg på gyngende grund.

Dyr ved man hvor man har. Hvis et dyr vil noget, så siger det det lige ud. Med piger og drenge er det også sådan (i hvert fald for det meste). Med voksne er det anderledes. Jeg ved hvad jeg taler om. Jeg siger så at sige aldrig ting lige ud. Ikke fordi jeg ikke *vil*. Jeg kan ikke. Jeg kan ikke forklare det på anden måde. Det lyder dumt, ikke?

Jeg tror jeg er nødt til at give dig et eksempel.

Lad os sige en hund gerne vil have en is (hunde elsker is). Det skal den nok få forklaret dig. Og det direkte og ligetil. Hvad angår en pige eller dreng vil jeg formode at det også vil lykkes dem at sige det ligeud. Men tager vi nu en voksen, så kan det være uhyggeligt svært for ham (eller hende) at få sagt ligeud at han (eller hun) vil have en is. Du kan slet ikke forestille dig, hvad for problemer en voksen kan have med at prøve at sige at han (eller hun) vil have en is. Der findes ting, man har lyst til. Ting man begærer af hele sit hjerte. Men man kan ikke sige det. Ikke ligeud i hvert fald. Ikke som voksen. Højest får man det sagt ad omveje, indirekte.

Det er svært at være voksen.

Og fordi voksne ikke kan sige ligeud hvad de har lyst til, som altså for eksempel en is, kan det gå så galt, at de bliver tossede. Lad os sige det er en vidunderlig flot solskinsdag og en voksen er gået til stranden for at bade. Den voksne ligger i sandet og får så lyst til en is. Men det er ham umuligt at sige det ligeud, og ingen forstår ham (mindst af alt manden i ishuset). Han vil så gerne have sin is. Det er som alt andet forsvinder ud af hans verden og der findes kun den is, han ikke kan få. Næste dag er det det samme, og næste dag også. I uge efter uge er det strålende vejr og den voksne går til stranden. Men ingen forstår ham (ismanden mindre og mindre), og han kan ikke sige det ligeud. Hvor mærkeligt det end lyder, han kan ikke. Derfor bliver han til sidst tosset. At han ikke får isen, gør ham vanvittig.

Derfor skriver jeg om dyr. Det er meget nemmere.

*

PRÆRIEHUNDENS BARNDOM
Goddag!

Læg godt mærke til, hvad jeg sagde dér. Jeg sagde goddag. Midt i det hele. Mens jeg var ved at fortælle dig nogle historier (hovedsageligt) om dyr. Det synes du nok er lidt underligt ikke? At jeg så pludselig hilser. Som om vi lige havde mødt hinanden.

Lagde du også mærke til høfligheden. Jeg sagde ikke dav, du. Eller bare hej. Nej, jeg sagde et høfligt goddag. Og det med eftertryk. Der står jo et udråbstegn. Et goddag, det ikke er til at tage fejl af.

Nu spekulerer du nok på, hvorfor jeg fortæller dig alt det. Det skal jeg gerne forklare. Det er fordi den præriehund, jeg nu vil fortælle om, netop var den slags præriehund, som midt i samtale kunne finde på at sige noget, der slet ikke passede ind. Midt i det hele siger den pludselig goddag. Høfligt, med eftertryk, ikke til at tage fejl af. Eller den siger »ja, du har ret, det kan godt være det bliver regn i morgen.« Selv om I slet ikke har snakket om vejret. Eller den siger »Det beklager jeg dybt. Du har min dybeste medfølelse.« Selv om du sidder og fortæller en rigtig solskinshistorie. Og nogle gange behøver præriehunden slet ikke sige noget. Så lægger den bare sit ansigt i helt forkerte folder. Den burde smile, men begynder at græde. Den burde se trist ud, men smiler over hele fjæset.

Hvis du skulle støde på den præriehund, og den pludselig tér sig mærkeligt, vil jeg bede dig om at bære over med den. Den har ikke haft det nemt. Den har haft en svær barndom. Der er visse ting, det bestemt ikke er sjovt at have haft. Såsom et brækket ben (det har jeg selv haft, derfor kan jeg med sikkerhed sige at det bestemt ikke er sjovt), et hul i hovedet (det har jeg også haft, ikke sjovt). Og en svær barndom.

Af de tre ting jeg har nævnt, vil jeg sige - efter en del overvejelse - at en svær barndom er det værste. Og det siger jeg altså selv om jeg har haft både brækket ben og hul i hovedet. Så kan du nok forstå at det må være svært med den svære barndom.

Altså, lad os antage du er forviklet i en samtale med ovennævnte præriehund (som du antager er en almindelig præriehund), og den så pludselig siger »goddag« eller »i morgen bliver det overskyet og der er mulighed for byger, men ud på eftermiddagen klarer det op,« så vil jeg bede dig udvise storsind. Storsind og forståelse.

Jeg beder dig. Lad være med at undervurdere en svær barndom.

*

GRÆVLINGEN MED PUKKELAGTIGE GEVÆKSTER
Der var engang en grævling, som havde meterlange ben, en ualmindeligt lang hals og pukkelagtige gevækster på ryggen. Det så totalt fjollet ud når den rejste sig op.

Undskyld, jeg havde ikke fået sat brillerne rigtigt på. Jeg tog fejl. Det var ikke en grævling. Det var en kamel. Nu vil du nok bede mig om næste gang at vente med at gå i gang med historien, indtil jeg har sat brillerne ordentligt på. Det er et godt råd.

Men dér bliver jeg desværre nødt til at skuffe dig. For det meste går jeg i gang uden overhovedet at have fået briller på. Eller jeg tager min morfars gamle hinkestensbriller på. Så er det som om hele verden snurrer rundt. Faktisk forholder det sig sådan, at jeg fra en brilleforretning har erhvervet mig de stærkeste briller de har. De forsøgte venligt at få mig overtalt til få taget en øjentest. Jeg ser udemærket, forklarede jeg. Til sidst gav de mig bare de stærkeste briller de havde. For at blive af med mig. Alt står så at sige på hovedet, når jeg har dem på.

Nu er du nok også ved at blive bekymret. Det skal du ikke være. Der er en god grund til at jeg tager briller på, som jeg ikke kan se med. Eller rettere sagt, ikke se godt med. Når jeg tager dem på, ser jeg alt på en ny måde. Jeg ser de underligste ting.

For eksempel ser jeg en grævling med meterlange ben og pukkelagtige gevækster på ryggen. Det synes jeg er langt mere spændende end bare at se en kamel. En kamel har vi jo alle set. Hvem interesserer sig i vore dage for noget så almindeligt som en kamel?

Jeg kan også anbefale at presse hænderne hårdt mod ørerne, når man er midt i en kedelig samtale. Det pepper samtalen umådeligt op. At man selv skal tænke sig til, hvad den anden siger. Prøv at knibe øjnene hårdt sammen, hvis du ikke har briller, der ikke passer til dine øjne, til rådighed. Derved kan man opnå samme effekt.

Prøv dig frem. Du vil se, der skal ikke så meget til at skabe lidt morskab i hverdagen.

*

JEG ER MEGET VELLIDT HOS DYR

Der er noget, jeg er nødt til at fortælle dig. Det ville være forkert ikke at fortælle det. Du bør vide at ingen dyr er kommet til skade eller har lidt smerter i disse historier. De steder i historierne, hvor det er kommet til farlige situationer har jeg konsekvent brugt stunt-dyr. De er trænet i sådanne situationer. De er højt professionelle.

Forplejningen af dyrene har også været mig vigtig. Det bør du også vide. Katte har jeg givet kattemad, og det den fineste af slagsen. Hunde har fået hundemad og elefanter har fået elefantmad. Jeg er ikke typen, der slår alle over en kam, og giver vaskebjørne mad til fisk. Dyrene har fået frisk vand. Og dem der ville have saftevand, fik saftevand.

Det har jeg gjort dels fordi jeg holder af dyr, og dels fordi jeg hele tiden har villet at disse historier skulle være dyrevenlige. At de skulle være et forbillede for andre historiefortællere, der helst betjener sig af dyr. De bør tage ved lære af mig.

Jeg behøver vel ikke tilføje at jeg er meget vellidt hos dyr. De nærer den største respekt for mig. Jeg er aldrig stødt på et dyr, der har takket nej til at optræde i en historie.

*

DE BEDSTE AF DE BEDSTE

Der er én ting til du bør vide. Jeg synes det er vigtig at du ved det. Så du ikke har falske forestillinger. For dig kan det måske virke tilfældigt, hvad for dyr, der er med i historierne. Sådan er det slet ikke. Jeg kan forsikre dig om, at intet er mindre tilfældigt.

Alle dyrene er gået gennem en nærmest uendelig lang udvælgelsesprocedure. Tusindvis af dyr har jeg måtte se mig nødsaget til at fravælge. Selvfølgelig af forskellige årsager, men først og fremmest fordi de ikke var interessante og spændende nok. Jeg har ført lange, personlige interviews med alle optrædende dyr. De måtte udfylde spørgeskemaer. Et eksternt firma har lavet personlighedstest på dem.

Fra begyndelsen af var det mit erklærede mål kun at benytte mig af de bedste af de bedste dyr. Intet andet var godt nok for mig. Eller bedre sagt, intet andet var godt nok for læseren. For det var altid læseren, jeg holdt mig for øje. At han skulle have en formidabel læseoplevelse. At han skulle kunne læne sig tilbage og slappe af, velvidende om at han var i gode hænder, kun omgivet af de mest udsøgte dyr og en fortæller, der gjorde sit bedste for at behage ham.

På dette sted vil jeg gerne takke alle de dyr, der har medvirket. I har gjort det helt forrygende. I er de bedste af de bedste. Det er I virkelig! Jeg er pokkers stolt af jer.

Men jeg vil også gerne takke alle de andre dyr, som desværre ikke slap gennem knappenålsøjet og fik tilkæmpet sig en af de eftertragtede pladser i en historie. Tag det ikke så tungt! I er stadigvæk nogle fantastiske dyr. I skal ikke lade jer slå ud. I har en hel masse talenter, som bare ikke lige passede ind i de her rammer. Tak!

*

PAS PÅ PEKINGESERKATTE!

Jeg ser mig desværre nødsaget til at advare dig mod pekingeserkatte. Jeg er ked af at det er kommet så vidt. Men jeg synes du bør vide besked. Det er vigtigt. Med en advarsel!

De kan være charmerende. Åh jo, de kan så sandelig være charmerende. De har øjne ingen kan modstå. De kan bevæge sig umådeligt graciøst og med en besynderlig selvfølgelig selvtillid. Deres pels er silkeagtig blød. De er et fascinerende skue.

Men de er ikke til at stole på.

De går deres egne veje. Ligegyldigt hvad vej de går, kan du være sikker på at det er deres egen vej.

Ser du, det var sådan, at jeg havde en aftale med en pekingeserkat. Jeg skulle skrive om den. En historie. Den her. Vi skulle starte med en rigtig finurlig scene, som på engang var grinagtig og dybsindighed. Den var utrolig, den scene! Du kan slet ikke forestille dig, hvor meget jeg glædede mig til at komme i gang. Jeg var fyr og flamme.

Der sidder jeg så og venter. På en bænk. Ved siden af gadekæret. Tæt ved bager Mikkelsen. Jeg venter og venter og venter. Jeg lytter til frøerne, der kvækker. Jeg går og køber mig en chokoladebolle. Jeg går ind og køber mig en rosenstang. Jeg arbejder mig gennem hele bagermester Mikkelsens repertoire, som jeg med respekt må sige er yderst omfangsrigt. Jeg venter længe. Indtil det er slut med tålmodigheden.

Pekingeserkatten kommer ikke.

Den er gået sin egen vej. Den har glemt mig. Et sted derude forfølger den en eller anden fiks idé. Jeg ringer til den, ingen tager telefonen. Jeg skriver mails til den, men får aldrig svar. Jeg overvejer at troppe op, hvor den bor og skælde den huden fuld. Men jeg gør det ikke. For egentlig kunne pekingeserkatten ikke på bedre vis havde åbenbaret sin natur, end ved *ikke* at komme. Det er dens glansnummer.

Det er det den er god til. At blive væk. At glemme sine aftaler. At ignorere. At vise dig, hvor lidt du betyder. At den er sin egen herre og mester. Og du er ingenting.

Hver søndag morgen kører jeg hele vejen ned til bagermester Mikkelsen. Hans morgenbrød er uovertruffent. Jeg tager også en pose wienerbrød med. Jeg har indviet ham i historien med pekingeserkatten. Han sender mig altid et medlidende smil.

*

JEG ER INGEN LØGNHALS!
Der er det rygte i omløb at jeg er en løgnhals!

At alle de historier, jeg skriver her, er det pure opspind. Det er jeg nødt til at dementere. Jeg elsker fakta. Jeg elsker virkeligheden. Jeg elsker dyr lige præcis som de er. Og det er jo netop det, jeg vil fortælle dig om. Hvordan dyr er. Hvad tanker de gør sig. Hvad der rører sig i dem. Vi har glemt at vi kan lære uendeligt meget af dyr. Jeg er her for at råde bod på dette. Det er min mission. Den røde tråd igennem det hele.

Så jeg ville jo spænde ben for mig selv, hvis jeg bare gav mig til at digte frit. Jeg kan forsikre dig om at alt, hvad der står her er taget ud af den verden vi alle deler.

Tænk bare, hvor pinligt det ville være for mig, hvis et dyr kommer under vejr med at jeg havde fordrejet den historie, som den så tillidsfuldt havde betroet mig.

Sådan et svigefuldt menneske er jeg ikke.

*

DIT POKKERS BROKKEHOVED!
Jeg har nok af det. Af det hele! Af dig!

Du har svigtet mig! Dig og alle andre, som læser mine historier. Jeg er dødtræt af jer. Først det ondsindede rygte om at jeg er en løgnhals. Og nu, som om det ikke var nok, brokker I jer over at jeg altid snakker løs. Om mig selv. At jeg maser mig frem på bekostning af alle dyrene. At jeg er sådan en type, som slet ikke kan få nok af sig selv!

Jeg er dybt skuffet!

Men jeg er ikke den, der bliver siddende, hvis nogle brokkehoveder og pokkers stympere har sat sig for at slippe af med mig. Så er jeg den, der tager min hat og siger farvel.

Det havde du nok ikke regnet med, hva? Der fik piben en anden lyd, hva? Der tabte du mælet, hva?

Farvel! Jeg er færdig her!

*

DE SIDSTE ORD

Der her bliver mine sidste ord. Til dig i hvert fald.

Jeg har betroet min søster at fortsætte med *mine* historier.

Ikke at hun kender noget særligt til dyr. Som mig! Ikke at hun er særligt god til at fortælle. Som mig! Ikke at hun ejer den sjældne dybde og forståelse for fortællingens væsen. Som mig! Ikke at hun overhovedet fortjener at udføre denne opgave. Som mig!

Jeg har ene og alene tildelt hende denne opgave for at straffe dig! Så kan du se, hvordan det går, når man er et brokkehoved og en pokkers stymper. Du ligger som du har redt, min ven!

Adieu!

*

ET EGENRÅDIGT BARN

»Du er et egenrådigt barn,« siger far.

»Jeg er 38 år,« indvender jeg.

»Hvad betyder år?« Far ryster opgivende på hovedet. »Hvad betyder tid? Du har altid været et egenrådigt barn. Og du er det stadig. Mere end nogensinde før. Som barn var du det blot begrænset. Nu er du langt mere ubegrænset et egenrådigt barn.«

Far ser virkelig skuffet ud. Altså på et overført plan. Det er jo noget jeg forestiller mig. At han sidder der ved siden af mig. Husk på at far er død. For længst. Det har jeg fortalt dig. Hvis du har glemt det, er det din egen skyld. Nu ved du det altså. Prøv at lade være med at glemme det igen.

Far rejser sig. På et overført plan. Han gør mine til at gå. Som om han nu har nok af mine kaprioler. Men han tøver. I min forestilling tøver han. Der er noget han vil sige.

»Sig det bare,« siger jeg.

»Nej,« siger han. »Du forstår ikke. Der var altid noget jeg ville sige. Lige fra da jeg holdt dig i mine arme første gang til jeg lå på mit dødsleje. Hver gang jeg så dig, var der noget jeg ville sige. Det lå lige for. Jeg havde det på læberne. Det bankede på tænderne. Ville ud.«

»Men du fik det aldrig sagt?«

»Nej.«

»Vær ikke så hård ved din læser,« beder far mig.

Jeg kigger undrende på ham.

»Var det det du ville sige?«

»Nej.«

Derpå går far. På et andet plan. Jeg er alene tilbage.

*

FRIMÆRKER SOM KNYTNÆVESLAG
Rødglødende af raseri opsøger jeg den nærmeste postkasse. Under armen konvolutten med det sorte kladdehæfte. Maries adresse er hakket på med rasende bogstaver. Frankeringen har været hårdhændet. Frimærkerne sidder som knytnæveslag. Over det hele. Det ser ud som om vi har kæmpet. Jeg og konvolutten.

Det har vi også.

42

Jeg måtte lede længe efter Maries adresse. Det gjorde mig endnu mere ude af mig selv. At blive mindet om at jeg stort ikke har haft nogen kontakt til hende i en evighed.

Jeg smækker konvolutten lige i gabet på postkassen. Og giver den en på øjet bagefter. Det gør godt.

Ud på aftnen forstår jeg ingenting mere. Hvordan kunne det komme så vidt? Hvor kom vreden fra? Det var det spørgsmål som far og mor har stillet først sig selv og siden mig.

Det er det spørgsmål jeg har overtaget fra dem. Og som jeg mindre og mindre forstår, hver gang jeg stiller det. Som nu, hvor jeg kaster DET fra mig, der skulle redde mig.

MARIE RAPSHOVED MELPOSE

*

JEG ER IKKE MED I DET HER
Navne betyder ingenting. Jeg vil ikke fortælle dig mit navn. Du vil aldrig få mit navn at vide. Det er bedst sådan. Fordi navne vildleder. Fordi mit navn intet fortæller.

Forstå mig sådan at jeg ikke findes. Der findes kun dem, jeg fortæller om. I dette tilfælde dyr. Fordi min bror vil det sådan. Og selv om jeg ringeagter ham, er han min bror. Jeg har selv intet at tilføje. Jeg er ikke med i det her. Jeg sidder på sidelinjen og iagttager.

Min bror er en bedrager!

Jeg hedder Marie Rapshoved Melpose.

*

DEN SØRGELIGE HISTORIE OM GAMLE RUFUS
Gamle Rufus var et bæst af en bjørn. Den største bjørn i mands minde. Og stærk som ingen anden. Kraften i hans mægtige labber var frygtet vidt og bredt. Hans pels var tyk og tottet. Hans hoved ludede, så det så ud som var han altid beredt til angreb. Den mægtige bjørnekrop var mærket af utallige kampe. En lang flænge skar sig gennem hans ene, blinde øje. Alle sine kampe havde Rufus vundet.

Gamle Rufus var skovens konge.

Der gik sagn om ham. Jægere betrådte med ærefrygt hans kongerige. Alle som én ønskede de at nedlægge ham. Men Rufus lod sig hverken se eller fange. Han forsvandt i skovens dyb.

Derinde, i hjertet af skoven, var det at han mødte elverkongen. Og Gamle Rufus udfordrende ham. Som han så det, var der kun plads til en konge i skoven. Og det var ham!

Men det skulle han aldrig have gjort. Elverkongen var ham for stor en mundfuld. Elverkonger er frygtindgydende væsner. De står i pagt med naturen på en hel anden vis end bjørne. Og mennesker. Elverkongen så sig nødsaget til at straffe Rufus.

Så den forbandede ham. Forsvind fra disse skove, befalede den. Pak dig til København! Du skal blive der. For altid! Og aldrig få fred! Sådan lyder min forbandelse!

Rufus ville flygte. Væk fra elverkongens forbandelse. Han ville gemme sig i skoven. Men skridt for skridt drev forbandelsen ham af sted mod København. Rufus opbød al sin snarrådighed for at omgå elverkongens ord. Men lige meget hjalp det.

København åbnede sine knoglede hænder og tog i mod bjørnen. København flåede alt det kongelige ud af ham. Al hans styrke, al hans skarpsind, al hans vildskab. Alt.

Og det der blev tilbage, var blot en meget gammel bjørn, som hutlede sig igennem. Om natten sneg han sig ind i parkerne, hvorfra han om dagen blev jaget bort. Et lille hjørne af natur, som mindede ham om gamle dage. En lille smule hjem.

Det var her, han stødte på skovmanden. I Frederiksberg Have.

Jeg kender din skæbne, bjørn, sagde skovmanden. Jeg vil tilbyde dig en handel. Jeg kan hjælpe dig. Gamle Rufus så nu, at skovmanden holdt noget småt i sine arme. Se, fortsatte skovmanden. Dette er min søn. Han er syg. Giv ham af din kraft. Ellers vil han dø!

Gamle Rufus overvejede. Og hvad kan du give mig til gengæld, brummede han så. En fredelig død, sagde skovmanden. Elverkongens forbandelse kan jeg ikke omgøre. Men det er dit liv, han har forbandet. Ikke din død. Den kan jeg lindre dig.

Men Rufus rystede blot på hovedet og luntede bort. Det forekom bjørnen at være en dårlig handel. Hvad kunne den bruge en fredelig død til? Når man er død, er man død!

Men København vred livet ud af Rufus. Langsomt og smertefuldt. København sønderslog ham. Langsomt. Og smertefuldt. København sugede kraften ud af bjørnen.

Og Rufus død var lang og pinefuld.

*
LIGEMEGET HVAD HAN LAVER, SÅ DRØMMER HAN
Lad os stifte bekendtskab med Jonas Benjamin Waldorf som han sidder ved stranden, med benene krummet sammen under sig, en forblæst, men solrig formiddag ud på efteråret. Pålandsvinden purrer op i hans i forvejen viltre, mørke hår. Han stirrer ud over vandet. I timevis har han siddet sådan og stirret.

Fordrømt.

Jonas Benjamin Waldorf drømmer. Fra han står op om morgenen til han går i seng om aftnen. Han bestiller ikke andet. Hele dagen lang. Om natten drømmer han også. Men ikke så meget som om dagen. Sådan var det altid. Altid drømte Jonas.

Lige meget hvad han laver, drømmer han.

At sidde på stranden og stirre ud over vandet og drømme, er det bedste han ved. Hvis Jonas kan komme af sted med det, sætter han sig her. Det kan han bedst, når han besøger farmor. På Lolland. Ved Smålandshavet. Farmor synes det er fint. Drømme gør godt.

Ellers bor Jonas Benjamin Waldorf i København.

København er et sted, hvor onde magter vil have fat i børn. Sådan var det også i Jonas Benjamin Waldorfs tilfælde. De onde magter nærmest stredes om at få fat i ham.

Således rejste der sig en dag, hvor Jonas gik en tur ved Sortedamssøerne, en havmand op af vandet og overrakte ham en marekat. Den var kulsort, stank af gammel tang og havde gæller. Marekatte æder menneskesjæle, og marekatten som havmanden pressede ind mod hans bryst, gav sig da også i lag med Jonas' sjæl.

En uges tid efter, da Jonas krydsede Knippelsbro, skete det at en nøk spærrede ham vejen. Den stjal hans skygge. Rev den af fra øverst til nederst og forsvandt med den i kanalerne.

Og en nat, da han vågnede sad der en gam i vindueskarmen. Den sad der i al sin vælde, med vingerne foldet sammen og stirrede på ham. Med en klo pegede den på ham og gjorde ham det klart at han tilhørte den. At der kun ventede ham ulykke og tænders gnidsel.

Nogle år senere var Jonas også så uheldig at støde på mosekonen, som tog alt det fordrømte ud ham. Hun smilede et hæsligt smil, da hun ragede alle drømmene til sig.

Sådan sker det tit i København. At man får en marekat trykket i favnen. At man får stjålet sin skygge. At man bliver forskrevet til en gam. At man mister sine drømme.

Det hører overhovedet ikke til sjældenhederne.

Forældrene til Jonas Benjamin Waldorf forstod aldrig, hvad det var der skete med deres søn. De tilskrev det, at han var ved at blive voksen. Det var helt almindeligt. De var faktisk glade for det.

Men farmoren forstod. Og hun græd!

*

MØRKETS KRÆFTER
Jeg vil gerne på dette sted benytte lejligheden til at advare alle, der gerne vil have børn, mod at flytte til København. De der bor i København og har børn vil jeg råde til at flytte væk. Her og nu!

I København hersker Mørkets Kræfter. Og Mørkets Kræfter er interesseret i småbørn.

Jeg har overvejet det endnu engang. Det er bedst at jeg anbefaler alle at flytte væk fra København. Hver og én. Ikke at nogen bagefter skal komme og sige at jeg ikke advarede dem.

Selv om Mørkets Kræfter især interesserer sig for småbørn, kan de også interessere sig for dig (for så vidt antaget at du ikke er et småbarn og tror dig sikker). Mørkets Kræfter har alsidige interesser.

Især til dem, der går på kostskole i København, vil jeg sende en særlig advarsel. Flyt bort! (Det synes du er mærkeligt. Hvorfor lige dem på kostskole? Jeg vil forklare senere).

*

GAMMELDAGS
Der var engang en and, der levede i erindringen. Allerede da den var en ælling levede den i erindringen. Den kunne ikke mindes en

tid, hvor den ikke levede i erindringen. Den var gammeldags. Allerede da den var ælling var den gammeldags.

Den kunne ikke mindes en tid, hvor den ikke var gammeldags.

Når man er gammeldags, kigger andre skævt til én. Og ænder er meget gode til at kigge skævt. De drejer hovedet lidt på sned, så man kun ser det ene kulsorte øje. Og så kigger de skævt. Alle ænderne kiggede skævt til den gammeldags and.

Den levede sammen med de andre ænder, men som sagt, egentlig boede den i erindringen. Erindringen er ikke et sted, som andre steder. Erindringen er svunden tid. Og der følte anden sig hjemme. Og det var fordi den følte sig hjemme der at den var gammeldags.

Det er et sørgeligt syn, hvis man støder på en gammeldags and.

Behøver jeg at nævne, at denne and holder til ved Sortedamssøerne.

*

ET MENNESKE
Henne ved hjørnet af Larsbjørnsstræde står et menneske. Ikke en hund, ikke en kat. Men et menneske.

Det lopper sig. Kradser sig selv med bagbenet. En mand går forbi, da snerrer det og blotter derved sine gule, grimme tænder. Bagefter beroliger det sig. Øjnene roder rundt, frygtsomme og på vagt.

Det krummer sig sammen, strækker sig. Lunter et par gange rundt om sig selv. Utålmodigt.

Ved dets side sidder en stor, sort hund. Dets tunge hænger ud af gabet. Det stirrer ufravendt på mennesket. Med en fuldstændig hengivenhed. Med ærefrygt.

Så får mennesket øje på mig.

Jeg ser frygten og raseriet i dets blik. Dets mund krænger nedefter. Det gør et par ubehjælpelige bevægelser. Også hunden vender sit blik mod mig. Jeg går skyndsomt videre.

*

BREVET
Det er mig igen. Marie Rapshoved Melpose.

Jeg har modtaget et brev fra min bror. Fra Albert.

Han tror han forstår det hele. Han tror han har gennemskuet mig. At alt er så ligetil. Som altid. Jeg sidder her med hans brev. Det brænder af raseri i mine hænder. Jeg har krøllet det sammen. Vil rive det i tusind stykker. Men Albert beder mig videregive det. Til dig. Det er hans ønske på den måde at fornedre mig.

Jeg græder vist.

Mine tretten børn kommer til mig.

Seksogtyve øjne stirrer uforstående på det blinde raseri i mine hænder. Langsomt folder jeg brevet ud igen. Genvinder fatningen.

*

KØBENHAVN, KØBENHAVN, KØBENHAVN
»Kære Marie

Jeg ved ikke længere, hvorfor jeg gjorde det. Jeg var vel ude af mig selv. Sådan som kun vreden og forurettelsen formår det. Nu forstår jeg at dette var forkert af mig.

Undskyld at jeg siger det ligeud. Du er faret vild i dig selv. Du forstår dig ikke på dyr. Jeg ved det lyder brutalt. Men jeg er som jeg er. En der kalder en spade en spade.

Jeg kan forestille mig, hvordan det er gået. Med dine historier, mener jeg. De er ligesom dig. Ødelagt af København. Har du mon sat dig ud over det? Jeg tvivler stærkt.

København. København. København. Byen overskygger alt i dig. Jeg kan se det for mig. Hvordan du uden held forsøger at skrive dig fri.

Det du kalder Ulivet, har fået bugt med dig.

kærlig hilsen,
Albert von Rasputin Rapshoved Melpose den Anden«

MARIE RAPSHOVED MELPOSES
ANDET FORSØG UDI FORTÆLLEKUNSTEN

*

SENERE
Jeg vil fortælle dig om Ulivet. Senere. Ikke nu.

*

UDLANDSOPHOLD
Giraffen Leonora har slået sig ned i Valby (som er en forstad til København). Den arbejder i Frederiks Ferieparadis. Man tjener ikke så frygteligt mange penge der. Men lige nok.

Leonora kommer fra de varme lande. I Danmark er det ofte koldt og det blæser altid. Leonora blev af sine forældre sendt på udlandsophold for at udvide sin horisont.

Det er vigtigt for en giraf at udvide sin horisont, sagde far og mor giraf. En giraf som ikke har udvidet sin horisont kommer ikke langt i vore dage. Men de tog grueligt fejl.

Jeg advarer dig, hvis du er et dyr fra de varme lande og overvejer at sende dit afkom på udlandsophold for at udvide dets horisont, så send det ikke i nærheden af København.

*

DEN MEGET VREDE KAKARLAK

Der var engang en meget vred kakerlak, der boede i en trappe, mellem to trin, i en lejlighed, som lå i Brøndby (som er en forstad til København). I den lejlighed boede også en meget vred mand.

Om natten puslede og skramlede kakerlakken omkring. Den lavede en frygtelig larm. Så meget larm, som den nu kunne komme til. Og når den så sit snit til det, spankulerede den også lige henover mandens næse. Og det gjorde dens vrede godt!

Men om dagen så var det mandens tur. Han løb op og ned af trappen. Fra tidlig morgen til sen aften. Og han bankede hårdt med sin kno på de nederste trin, hvor kakerlakken forsøgte at sove. Og han spillede høj musik, råbte op og larmede. Alt dette gjorde han for at irritere kakerlakken og for at gøre den så udmattet, at den ikke orkede at krible og krable hele natten. Det gjorde hans vrede godt!

Men det gjorde også kakerlakken rigtig ond i sulet.

Bare vent, tænkte den. Bare vent til i nat, dit bæst! Du skal ikke få et roligt øjeblik!

Uha, hvor de gik hinanden på nerverne. Og de andre beboere i opgangen led også. De klagede. Der blev sendt klagebreve på kryds og tværs over mandens larm, og manden selv sendte klagebreve over kakerlakplagen i huset. Kakerlakken havde ikke lært at læse og skrive, hvad den bitterligt fortrød, for den havde også den største lyst til at klage.

Vreden voksede og voksede og voksede. Hele huset dirrede af et rødglødende raseri.

Og hvad skete der så? Jo, en morgen skete der det, at manden simpelthen fandt kakerlakken liggende med sine tynde stankelben krummet sammen inde under sig. Helt stille og tavs.

Den var død.

Nu tror du måske, at den meget vrede mand blev glad og jublede. Men nej, sådan var det ikke, og det er derfor jeg fortæller dig den her historie. Han blev trist.

*

EN GOD GERNING

Her er jeg. Igen. Det er mig, Marie. Undskyld at jeg afbryder mig selv. Egentlig ville jeg jo holde mig selv ude af historierne. Men der er noget vigtigt, du skal vide.

Jeg har selvfølgelig læst alt det min bror har skrevet. Alle hans historier om dyr, mener jeg. De er frygtelige. Modbydelige. Alle som én handler de mere om ham end om dyrene. Det er trist. Og så meget mere trist at han ikke selv har indset det.

Men jeg vil gøre en god gerning. Jeg vil tage en af hans historier og skrive den om. Så du i det mindste har lidt glæde af bare en enkelt af dem. Det manglede bare.

*

MYREN DER GIK SINE EGNE VEJE

Engang for længe siden i et fremmed land, hvor alt var meget mere lyst, fordi solen var i et strålende humør dagen lang, fandtes der en myre, som gik sine egne veje.

Det var myren Batisto. Allerede fra barnsben af, gik han sine egne veje og de førte bort fra myretuen.

Puha for en, sagde de andre myrer. Han var ikke flittig. Og det var dem, der puklede mest, som havde sagt det. Puha, han synes nok bedst om sit eget selskab, sagde nogle. Og det var dem, der ikke brød sig meget om deres eget selskab, der havde sagt det. Puha, en myre skal følge trop, sagde nogle. Og det var dem, der holdt af at følge trop, der havde sagt det.

Batistos far og mor sagde ingenting. De var bare triste.

Batisto begav sig ud i den store, vide verden. Og for en lille myre er verden uendeligt stor og vid. Han så mange ting og lærte mangt og meget. Han lærte mange sprog. Så han kunne tale med både fisk og fugle og alle skovens dyr. Og med mennesker. Det var slet ikke til at tro, hvad der var plads til i hans lille myrehoved. Og Batisto oplevede mange farefulde eventyr. Det ene efter det andet. Og der er vel ingen, der er så god til at opleve farefulde eventyr, som en myre, der går sine egne veje. Han blev jaget af store biller med kæmpemæssige klosakse. Han blev skyllet med af rivende strømme af regnvand. Han besteg høje. Han udfordrede solsorte.

Men som alle andre, blev også han engang gammel. Og når man bliver gammel, bliver man træt. Det blev Batisto også. Så han besluttede sig for at begive sig ud på sit sidste store eventyr.

Han kravlede op og satte sig i øret på en mand, som han senere erfarede hed Christoffer Columbus, og hviskede ham den forunderlige tanke i øret, som i sin tid havde fået ham selv til at forlade tuen, og måske troede Columbus at det var hans egen tanke.

Gå dine egne veje!

*

EN LÆRESTREG
Undskyld. Det er mig igen. Marie.

Jeg kan simpelthen ikke lade være med at fortælle dig, at jeg har sendt min historie om myren til min bror med posten. Jeg ved det vil få ham til at gå ud af sit gode skind. Derfor har jeg gjort det. For at give ham en lærestreg. At man ikke skal blande sig i historien.

Han vil aldrig kunne få det over sig at indrømme at min historie om myren er meget bedre end hans. Men han ved det. Inderst inde ved han det. Og det vil pine ham!

Gad vide hvad han vil sige til det?

*

MULDVARPEN SOM VAR TRÆT AF JORD
Der var engang en muldvarp, som var træt af jord. Og det er ikke så godt, hvis man er muldvarp. Den var virkelig dødtræt af jord. Evig og altid gravede den rundt dernede i jorden, som var så mørk og klam, at den fik det helt dårligt af det.

Men det var bare begyndelsen på det hele.

Muldvarpen flyttede til byen. Og blev træt af det. Den lærte at cykle. Og blev træt af det. Den tog på ferie i de varme lande. Og blev træt af det. Den gik på restaurant. Og blev træt af det. Den bosatte sig ved havet. Og blev træt af det. Den forelskede sig. Og blev træt af det. Den giftede sig. Og blev træt af det. Den malede farverige billeder. Og blev træt af det. Den fik børn. Og blev træt af det. Den begyndte at samle på bøger, film, musik og frimærker. Og blev træt af det. Den prøvede at leve et enkelt og sundt liv. Og blev træt af det. Den gik i helt i hundene. Og blev træt af det. Den spillede på guitar. Og blev træt af det.

Sådan blev det ved og ved. Lige meget hvad den gav sig i kast med, blev den træt af det.

Til sidst gravede den sig ned i jorden igen. Og blev selvfølgelig træt af det. Men den blev der.

*

PÅ KOSTSKOLE I KØBENHAVN

Jeg har lovet at fortælle dig, hvorfor jeg sendte en særlig advarsel til dem på kostskole i København. Det er derfor, jeg blander mig igen. Man skal nemlig holde, hvad man lover.

Alle i familien Rapshoved Melpose har gået på kostskole. Hver og én. I København. Det er en tradition. At man på et tidspunkt i sit liv vender sin fædrene jord ryggen og drager bort. Til Hovedstaden, hvor man så går på kostskole. Senere vender man hjem igen. Selvfølgelig gør man det. Det er tradition. Forandret. Forvandlet. Og man har lært at besinde sig på alle de værdier hjemmet byder. Også det en tradition.

Lige siden der fandtes kostskoler i København, har vi Rapshoved Melposer besøgt dem. Det skulle være der. I København. Ellers ville det være at hoppe over, hvor gærdet er lavest. Og det gør vi ikke i vores familie. Vi kan godt lide høje gærder.

Da far lå på sit dødsleje, var det at han med skælvende hånd tog den lille grå notesbog frem, hvori hans sidste ønsker stod noteret. Vi havde dagligt stiftet bekendtskab med den, når vi gjorde noget, der ikke faldt i hans smag. Så hev han den frem fra inderlommen og gjorde et kort notat i den. Det blev til mange korte notater i tidens løb. Og han lagde ikke skjul på, at disse notater udgjorde hans sidste ønsker.

Jeg vil i den sammenhæng her, blot nævne at det var hans (sidste) ønske, at jeg tog på kostskole. Så hurtigt som muligt, betonede han og stirrede på mig med døde øjne. Jeg havde brug for at forvandle mig. Og som vi Melposer ved, kan man kun forvandle sig i København.

Efter hans død søgte jeg straks ind på en kostskole (i København forstår sig) og blev optaget.

Jeg tog afsked med min familie.

Da jeg ankom til kostskolen satte jeg mig pænt på en stol, som min mor havde lært mig det, på det værelse jeg havde fået tildelt, og gav mig tålmodigt til at vente på at forvandles.

Det skulle komme til at gå anderledes.

*

NU ER DET NU
Nu er tiden kommet. Det er nu jeg vil fortælle dig om Ulivet.

*

ULIVET
Det er som skete det i går. Selv om det er mange år siden. Intet har ændret sig siden.

Det var en lummer dag i juni. Allerede flere dage havde det været ubehageligt lummert. Sveden drev af én. Man ville helst bare ligge dvask rundt uden at foretage sig noget. Det var min sidste dag på kostskolen og jeg var ude af mig selv.

Lige siden jeg kom, havde jeg kun bestræbt mig på dette ene. At forvandle mig. Jeg kastede mig ud i alskens gøremål, hvert eneste tilbud fra kostskolen tog jeg med kyshånd imod. Jeg var beskæftiget fra tidlig morgen til sen aften. Jeg gjorde alt hvad der stod i min magt.

Men der skete intet. Jeg forblev den, jeg var.

Hele tiden var det som lå forvandlingen lige om hjørnet. Men hver gang jeg drejede om et hjørne, var den væk.

Og alle de andre sprang ud. Som blomster. De blev til andre. De undergik metamorfoser. De lagde den de havde været bag sig. Hver eneste en. Uden undtagelse.

Hvad skulle jeg gøre, når jeg kom tilbage? Til mor og mine søskende. De ville selvfølgelig se det med det samme. At der intet var sket. At jeg stadig var den samme. At opholdet på kostskolen havde været spildt. At jeg brød med den Rapshoved Melposeske tradition, som foreskrev at man vendte forandret tilbage.

Det betød også at jeg ikke havde indfriet min fars sidste ønske.

Jeg sad igen på mit værelse. Pænt på stolen. Lige som jeg havde gjort første dag jeg kom. Men denne gang græd jeg. Bitre tårer. Jeg vidste ikke mine levende råd. Noget var rivende galt. Jeg vidste bare ikke hvad.

Da var det at døren gik op, langsomt og knirkende. Men ingen kom ind. Det måtte være vinden, tænkte jeg. Det blev pludseligt mørkere. Der måtte være gået en sky for solen, tænkte jeg. Samtidig blev alt fuldstændigt stille. Som var hele verdenen med ét forstummet. Måske var frikvarteret allerede slut, tænkte jeg.

Men da jeg så op, sad der én på min seng. Det var Ulivet.

Det var kommet til mig i denne stund for at gøre mig et tilbud, jeg ikke kunne takke nej til. Jeg havde intet valg. Sådan forekom det mig. Og det vidste Ulivet kun alt for godt. Det ville forvandle mig. Men derefter tilhørte jeg med krop og sjæl Ulivet. Det var prisen.

Selvfølgelig indvilligede jeg. Det ville du også have gjort, hvis alle andre var blevet til sommerfugle og du stadig kravlede omkring som larve. Jeg gav mig selv bort. Til Ulivet.

Og som det havde lovet, forvandlede det mig.

Da jeg vendte tilbage, kunne de knapt genkende mig. Deres første glæde over at se mig forandret, lagde sig hurtigt, da de så hvad jeg var blevet til. En de slet ikke kendte.

En sort sommerfugl.

DEN SORTE SOMMERFUGL
Alt ændrede sig.

Knapt var jeg kommet hjem, før jeg pakkede alle mine sager og flyttede hjemmefra.

Jeg lod ikke høre fra mig. Jeg afbrød al kontakt til mor og mine søskende. Jeg forlod det liv jeg før havde levet. Fuldstændigt.

Ulivet bød mig at gøre det.

Derpå åbnede det døren til et nyt liv. Ulivet gav mig, hvad der kan tage sig ud som lykke. Jeg fandt en mand og forelskede mig, men forelskelsen var sort og grim. Vi blev gift. Men brylluppet var den mørkeste dag i mit liv. Vi fik tretten børn. Selvfølgelig tretten.

Sådan fortsatte det. Ulivet gav mig alt, hvad der så smukt og godt ud. Men gjorde det hæsligt og ulideligt. Samtidig forbød han mig at give dette til kende. Jeg skulle smile. Altid.

Dette blev min lod. Den sorte sommerfugls skæbne. At min ulykke tog sig ud som fryd og gammen.

TRETTEN BØRN
Et andet af min fars sidste ønsker, var at jeg, for det tilfælde at jeg fik børn, hvad han inderligt håbede, for ham bekendt havde alle kvinder i familien Rapshoved Melpose fået børn, så det ville være en slem skuffelse for ham (selv om han var død) og for hele familien, hvis jeg ingen børn fik - altså, så var det hans sidste ønske, at disse børn blev opkaldt efter nogen i hans yndlingsbog af Tolkien, nemlig Hobbitten.

Ulivet har indvilliget i at opfylde dette min fars ønske. Ja, faktisk har jeg Ulivet mistænkt for at gøre mig ualmindeligt frugtbar. Jeg fik det ene barn efter det andet.

Tretten i alt.

Og da forekom det naturligt at benytte sig at navnene på de tretten dværge, som følger Bilbo på hans færd. Jeg tror enhver anden kvinde, som fik tretten børn, og hvis far havde haft samme (sidste) ønske, ville gøre nøjagtigt det samme. Det er naturligt.

Så mine børn hedder Balin, Dwalin, Bombur, Bofur, Bifur, Kili, Fili, Nori, Ori, Dori, Oin, Gloin og selvfølgelig Thorin.

Det syntes jeg du burde vide.

*
ALBERTS ANDET BREV
Jeg har modtaget et brev fra min bror.

Et langt og hæsligt brev. Side op og side ned af sort had, alskens beskyldninger og blindt raseri. At min historie om myren er bedre end hans, er han selvfølgelig ikke i stand til at indrømme. Sætning for sætning piller han min historie fra hinanden. Tydeligvis har han brugt dage på at skrive det brev.

Men han er blind for sig selv. Ligesom så mange er det.

Han vil såre mig dybt. Hver sætning er en kniv. Han opremser alt det sædvanlige. At jeg har svigtet familien, især far, idet jeg flyttede bort. Det knuste mor, at hun mistede mig. Også *før* forvandlingen var den gal. Jeg var en ren djævel. Og kold som is.

Og jeg er syg. I hovedet.

Til slut i brevet tilføjer Albert at han tilgiver læseren. Faktisk har han medlidenhed med ham, der så længe har måttet trækkes med mine skøre påfund.

Derfor beder han mig at sende de historier tilbage som han så tillidsfuldt overdrog i min varetægt. Nej, han befaler det.

*

SOLSKIN OG LUTTER LAGKAGE
Da jeg vemodigt lægger brevet til side, opdager jeg at Ulivet har sat sig over for mig.

En stund sidder det blot og stirrer på mig. Jeg græder. En lydløs gråd, der ikke vil holde op. Ulivet kommer altid, når det er utilfredst. Ellers lader det mig for det meste i fred.

Jeg har forsyndet mig, siger Ulivet. Jeg har skrevet om Ulivet. Det må jeg aldrig gøre. Og endnu værre. Jeg har ladet ulykke, sorg og fortvivlelse skinne igennem. Det er forbudt.

Jeg må ikke nævne København med ét ord.

Ej heller må jeg omtale forstæder til København eller fremmede lande som findes i omegnen af København.

Ulivet påbyder mig at skrive igen. Jeg skal ignorere Albert. Historierne får han ikke tilbage. Og det skal ende lykkeligt, fortsætter Ulivet. Det skal være happy ends over hele linjen. Det skal stråle af lykke til sidst. Det skal være solskin og lutter lagkage!

Jeg nikker bare. Ja, siger jeg.

MARIE RAPSHOVED MELPOSES
TREDJE OG SIDSTE FORSØG UDI FORTÆLLEKUNSTEN

*

MAGNUS OG FRU MAGNUSSEN

Når efterårets blæst hyler over markerne og suser i trækronerne, når luften dufter af regn og grøde, når et spraglet tæppe af blade har lagt sig på skovbunden og når det er på tide for en mus at krybe ned og gemme sig i sit varme hul, så tager musen Magnus sin tykke vinterfrakke på, pakker sin lille kuffert, inden den kravler *op* af sit hul og spadserer ind til fru Magnussen, der bor i byen.

Ikke så snart har Magnus med sin lille kno banket på, før hun henrykt og smilende slår døren op og byder sin gæst velkommen. Her venter der Magnus varm chokolade, lune tæpper og det helt store ostebord. Her har han sin egen lille seng, sin egen bløde fløjlslænestol, og sit eget lille spisebord med tallerken, kniv, gaffel og krus. Alt det har fru Magnussen selv med stor tålmodighed og fingerspidsfornemmelse lavet. For hendes gæst skal leve i sus og dus. Hele vinteren lang. Og hans gavmilde værtinde står på spring for at opfylde ethvert ønske.

Hvorfor fru Magnussen gør alt det?

Jo, når det bliver forår, og Magnus, mæt og tilfreds, er vendt tilbage til sit hul langt ude i marken, lyder der snart en banken på døren. Det er fru Magnussen, hans sommergæst, som vil ned i hullet.

*

BILLEN BARTHOLOMÆUS
Billen Bartholomæus var ikke bange for noget som helst. Virkelig ingenting. Og hvis man er bille er det ikke særligt heldigt. Hvis man er elefant, går det nemmere.

Som følge af en lang serie af ubeskrivelige lykketræf, lykkedes det for Bartholomæus at klare sig gennem barndommen uden at blive spist eller på anden vis dø. Alle de gamle biller trak opgivende på skuldrene over det unge brushoved. Hvad skulle det dog ikke ende med? På mirakuløs vis var det som drejede alle farer i sidste øjeblik af, når Bartholomæus hovedkulds og ligeglad stormede dem i møde.

Spurve betænkte sig lige før de skulle til at sætte næbbet i den iltre bille. Katte mistede pludselig lysten til at daske til ham med poten, efter at have snuset til hans fandenivoldske temperament. Dagligt rodede Bartholomæus sig ud i den ene ulykke efter den anden. Men se, hver aften kom han helskindet, tilfreds og træt hjem og gik sporenstregs til køjs. Han sov med et lykkeligt smil om sin lille bitte mund.

Der blev talt meget om Bartholomæus i stalden, hvor billerne holdt til, og det endte med at det også kom gårdmanden for øre. Han havde længe ladet gårdens drift stå til og havde et modløst og frygtsomt gemyt. Når køerne brølede, skjulte han sig rædselslagen.

Gårdmanden opsøgte nu billen og med en mærkelig sammen-bidthed, som ingen før havde bemærket hos ham, sjokkede han i dagevis af sted i hælene på den. Selv om der ikke blev mælet et ord mellem dem, var det tydeligt for enhver, at Bartholomæus havde taget den sløsede gårdmand i lære. Og han lærte virkelig et og andet, for snart blomstrede gården op. Og når køerne frækt brølede, fordi de holdt af at se ham blegne af angst, sprang han frem og brølede endnu højere. Så blev der stille!

Jo, han blev en anden, og de der kendte til historien, vidste at dette mirakel skyldtes billen Bartholomæus.

*

OG SÅ VIDERE

En gråspurv fløjtede en melodi, som den havde hørt, og som den syntes var vidunderlig smuk. En stær hørte gråspurven og blev helt betaget, så skøn en melodi havde den aldrig hørt før, og den gav sig til at synge melodien. En forbipasserende svale hørte stæren og gjorde holdt på en gren for at lytte. Snart fløj svalen selv vidt og bredt omkring syngende af fuld hals. Mange andre fugle hørte den og syntes at melodien var enestående. De begyndte også at nynne og fløjte den.

Således rejste melodien fra fugl til fugl, og til sidst hele verden rundt, og da den længe, længe efter nåede tilbage til gråspurven, der i mellemtiden havde glemt alt om den, syntes gråspurven på ny at melodien var utrolig smuk og begyndte at synge den.

Sådan fortsætter historien i det uendelige. Egentlig er det sådan med de fleste historier, at de bare fortsætter og fortsætter, og at det er os, der finder på slutningerne, som kan strøs ud, hvor det skal være. Slutninger gør det lettere at holde styr på det hele. Det kan vi lide. Men det der bare bliver ved og ved, er besværligt.

Melodien?

Jo, lige nu er den vist ved at krydse Australien.

Og så videre, og så videre.

*

DEN ULYKKELIGE ÅL

En ulykkelig kvinde, som overvejede at tage sit liv, vandrede fortvivlet frem og tilbage ved stranden. Hun skulle lige til at vade ud i havet, da en ål sprang ind på land, lå lidt og sprællede i sandet og derpå blev stille.

Kvinden tøvede, men bestemte sig så for at smide ålen ud igen. Da hun bøjede sig over den, sagde ålen, »Lad mig ligge. Jeg vil ikke leve mere.« Kvinden trak sig overrasket tilbage. »Kan du virkelig tale?« sagde hun. »Nu dør jeg heldigvis snart,« sagde ålen. Den gispede. Gællerne spiledes vidt ud.

Men at være vidne til ålens selvforskyldte død, var for meget for den ulykkelige kvinde. Resolut greb hun den i halen og kylede den ud i vandet. Da den fornærmet kom svømmende tilbage for at bebrejde hende for at have reddet dens liv, sagde hun, »Jeg ville også have taget mit liv. Men lad os lave en aftale. Lad os mødes her hver dag, på dette tidspunkt, og så længe vi begge kommer, skal vi leve.«

Ålen tænkte lidt over det og samtykkede så.

Hele sommeren mødtes de og undgik derved at dø. Ålen fortalte hende om det hårde liv på havets bund, og hun fortalte den om det hårde liv oppe på land. De blev gode venner. Ud på efteråret aftalte de først at mødes igen om foråret, og da de om foråret genså hinanden, blev de glade.

En sommerdag sagde kvinden, »Jeg har det bedre nu. Og jeg kan se, at det også går dig godt. Jeg tror vi bør ende vort venskab her, selv om jeg altid vil tænke på dig som min bedste ven. Jeg må vende tilbage til menneskenes verden og du må vende tilbage til ålenes. Ude på det dybe vand. Forstår du, hvad jeg mener, min ven?«

Ålen forstod.

Og hopla! Den gjorde et højt spring og kyssede kvinden, hvorpå den svømmede bort. Aldrig glemte de dette usædvanlige venskab mellem en ulykkelig kvinde og en ulykkelig ål.

*

DEN FORELSKEDE KVINDE

En ung, smuk kvinde, der var ombejlet af mange mænd, forelskede sig i et egern. Sådan kan det gå. Hun forgudede sit egern. Ville leve sammen med det til sine dages ende.

De mænd, der var forelskede i hende, blev bitre. Det er ikke let at miste en kvinde til et egern. Men en dag rendte egernet bort, og hun så det aldrig igen. Selvfølgelig blev hun trist. Dog var kærligheden i hende så smidig, at hun fik viklet sig ud af sit tab.

Efterfølgende forelskede hun sig i en kat, en struds, en gibbonabe, en flagermus, en muldvarp, en leopard, en ræv, en elefant, en mus, en bjergged og til sidst en hamster. Jo, hun holdt skam meget af dyr, (for øvrigt forelskede hun sig også i nogle få insekter, en bille, en sommerfugl og et tusindben). Men alle sammen forlod de hende. Og én for én måtte hun opgive sine forelskelser. Det var ikke nemt.

Enden på det hele blev dog, at hun overraskende nok forelskede sig hovedkulds i en mand, og han blev hos hende, og så vidt det vides, lever de lykkeligt sammen den dag i dag.

*

PAS PÅ NÆSEHORNET!

Oppe ved Limfjorden boede der en blishøne, der blev drillet på det groveste af en frø. Evig og altid hoppede den frække frø op på dens ryg og gav sig til at kvække højt.

Og blishønen havde åh så sarte ører.

Men en aften skete det så at en vred and svømmede hen til frøen, der igen havde sat sig godt til rette på blishønens ryg, og anden rappede vredt af den. Hver gang den fik øje på frøen, padlede den lynsnart hen og rappede. Højt og hidsigt.

Frøen forstod nu, at det ikke var så sjovt at blive drillet, og kravlede derfor ned af blishønens ryg. Men den vrede and blev ved med at forfølge frøen. Det gjorde den lige til en svane begyndte at hakke efter den med sit næb, så lærte den også, at drillerier gør ondt, og den holdt op med at forfølge frøen. Men svanen ville ikke høre op med at bide efter den. Først da en hund pjaskede ud i vandet for at tage livtag med svanen, fik den sig en lærestreg. Efter det var svanen enestående flink.

Nu forholdt det sig sådan at der boede en tiger tæt ved i sivene. Den fik hurtigt kureret hunden for dens drillesyge. Oppe ved en lille klynge bøgetræer holdt en løve til, og med sine frygtelige brøl, gjorde den tigeren meget venligere end den nogensinde før havde været. En gorilla, der holdt til i en af de gamle bøge, morede sig med at kaste grene ned i hovedet på løven, der straks blev mere spagfærdig, og derpå blev gorillaen selv opdraget i god tone af et drillesygt næsehorn.

For resten, hvis du ikke tror på det, kan du jo selv tage op til Limfjorden og se efter.

Men pas på næsehornet!

*

DEN TROFASTE TERRIER
Terrieren Terry så den kvinde, som han i næsten hele sit liv havde delt lejlighed med, og som havde taget sig af ham, gå i hundene. Hun havde mistet sit job og var begyndt at drikke. Som drattede hun langsomt ned af en svagt hældende skråning.

I en periode viede man hendes fald en vis opmærksomhed. Familie og bekendte kom på besøg, forsøgte at opmuntre hende og bringe hende på ret kurs. Men selv om hun lovede at tage sig sammen, gik det stadig ned af bakke. Og familien og de bekendte kom ikke længere så tit som tiden gik. Og hvis de dristede sig forbi, så skældte og smældte hun af dem. Og da de ikke vidste deres levende råd, skældte og smældte de også.

Alt dette så Terry med sine sorte øjne. Han så, hvor meget hun drak. Han så familien og de bekendtes besøg. Han så og hørte skænderierne. Han så hende nå bunden.

Da det var sket, var hun helt alene. Alle havde opgivet hende. Alle undtagen Terry. Han kom stadig og lagde sit hoved i hendes skød og så op på hende med store, sorgfulde øjne. Som kun hunde kan det. Eller han skrabede til hendes arm med sin pote. Terry var trofast. En trofasthed, der var uskyldig og naiv, men uophørlig. Ud af alkoholens tåger famlede hendes blik sig frem og hun lagde en hånd på hundens hoved.

Da hun nogle år senere kom på ret køl, vendte venner og familie tilbage. Sådan går det for sig i menneskenes verden. Hundenes derimod er anderledes skruet sammen.

*

EN KÅD, DRILLESYG SOLSORT
Denne lille historie er et puslespil, som du selv må samle. Hvis det lykkes dig, forstår du nok bedre puslespillets betydning.

1) Han satte sig trist til mode under et æbletræ.

2) Solsorten, der ikke var kyndig i græsk, fløj dog tilfreds sin vej, idet den mente, at heureka betød det samme som av.

3) Intet hang sammen, der fandtes kun en masse adskilte ting.

4) Tilfreds med sin opdagelse gik han ud af skoven og tilbage til byen.

5) Med sit næb bed den stilken til et fuldmodent æble over, og BANG, æblet faldt lige ned i hovedet på manden.

6) En mand var desperat løbet ud i skoven, fordi han ikke kunne finde sammenhæng i noget.

7) Sammenhæng, forstod han nu, er noget man selv skaber.

8) I stedet for at råbe AV, råbte manden HEUREKA, det er græsk, og betyder sådan cirka, at man har fået en formidabel idé.

9) Lige over ham sad en kåd, drillesyg solsort, som øjnede en chance.

10) Manden rejste sig og smilte.

*

EN MAND VIL VÆRE EN AND
Nede ved Smålandshavet stod en mand og kiggede på en gang trist og fascineret på en and, der svømmede rundt og rappede og snadrede det bedste den havde lært. Manden ville gerne være en and. Han forestillede sig, hvor skønt og sorgløst et andeliv var. At være menneske var noget ganske andet. Det var pokkers besværligt!

Anden, som han beundrede, bemærkede ham knapt nok, for den kunne ikke få øjnene væk fra en svane, der padlede af sted inde ved sivene og af og til foldede sine smukke, hvide vinger ud og baskede med dem. Anden ærgrede sig over at være noget så kedeligt som en and.

Svanen havde nu aldrig lagt mærke til sin beundrers blikke, for den levede i en drømmeverden, bygget op omkring en vidunderskøn gepard, som den havde set på en vinterrejse til Afrika. Geparden strakte sin smidige krop i sin mageløse spurt over savannen. Dette havde svanen set oppe fra luften. Hvad svanen ikke vidste af var at denne gepard ofte lå under et skyggefuldt træ og græd bitterligt, fordi det var så uendeligt trist ikke at være en tropefisk.

Tropefisken havde den set, da den søgte ind i en landsby efter mad, og i nogen tid havde beluret deres TV, hvor der tilfældigvis løb et program om fisk.

Sådan fortsætter historien et stykke tid endnu. Tropefisken vil være en bavian. Bavianen vil være en papegøje. Papegøjen vil være en ål. Ålen vil være en bjørn. Bjørnen vil være en regnorm. Men regnormen, den er faktisk godt tilfreds med at være sig selv.

Så her kan historien heldigvis slutte.

Med at regnormen, der syntes at det bedste i denne verden er at være regnorm, kravler ned i sit hul. Farvel!

*
DEN GENERTE CIRKUSHEST
Esmeralda var et pragteksemplar af en cirkushest. Forgudet af publikum. Hun var som født til cirkuslivet. Hvad bedre kunne en hest tænke sig end at løbe rundt i manegen med en cirkusprinsesse på ryggen og modtage veritable kaskader af klapsalver.

Ja, Esmeralda var godt tilfreds. Hun var stolt og tilfreds med sit liv. Ikke mange heste havde drevet det så vidt.

Men så skete det, at hun blev genert.

Du ved det måske ikke, men generthed kan ændre et helt liv. Den kan vende vrangen ud på livet. Det var som at gå fra lyset og ind i mørket. Når Esmeralda kom ind i manegen, blev hun helt forfjamsket. Uha, hvor de dog alle kiggede. Det var ikke til at holde ud. Allerhelst ville hun styrte ud igen. I sin vildrede smed hun cirkusprinsessen af. Og næste aften kom hun til at gøre det igen. Det var ikke så godt. Esmeralda blev sat fra bestillingen. Generte heste kan man ikke bruge i cirkus.

Derpå kom hun i en dyrehave, hvor hun red rundt med børn. Men alle børnene stirrede på hende. Med store øjne. De ville alle så gerne ride på hende. Lige med det samme. Så blev hun genert og kom til at gøre krumspring. Igen måtte hun væk.

Lige meget hvad Esmeralda gik i gang med, endte det med at genertheden maste sig ind og ødelagde det hele. Til sidst havde hun nok. Hun stak af fra det hele. Væk fra alle de stirrende blikke. Men i virkeligheden var det genertheden hun ville væk fra.

Hun fandt først fred ude på landet. På en gård, i hestefolden. Alt hun bestilte, var at gå ude på engen og nippe til græsset. Lige sådan et liv hun havde foragtet og grinet højt af før. Og nu stod hun altså der, græsgumlende og lykkelig. Sådan kan det gå!

*

DEN FORUNDERLIGE FUGL MED DEN RØDE HUE
Inde i enhver historie er der en anden historie, og inde i den, en tredje. Og sådan fortsætter det i det uendelige.

Det har en forunderlig fugl fortalt mig.

Fuglen traf jeg på Fyn, i et faldefærdigt, ubeboet hus, omkranset af en høj hæk og en have med gamle frugttræer. For at komme ind i haven, må man klatre over en mandshøj låge, der er låst. På den anden side af lågen står det høje græs, der om som-meren er gulligt og tørt. Går man ind i huset, venter der én et mærkeligt syn.

For inde i huset er der en mægtig, frodig skov, hvis træer bruser i milde sommervinde. Skoven strækker sig så langt øjet rækker. Og i den er der en spejlblank sø, hvor vandet er krystalklart og køligt, og ude på søen er der en ø, der tager sig uendelig lille ud.

På denne ø er der en brønd. I denne brønd bor der en løve, der har lært at leve som en fisk. I løvens øje er der et glimt af et svagt lys, en lille lysende partikel. Dette lys stammer fra en gadelygte. Denne gadelygte findes i den nordjyske by Brovst. Og her findes der et faldefærdigt hus, bag en høj hæk, omkranset af en vildtvoksende have.

Drister man sig en sommerdag ind i haven, kan det hænde, at man er nødt til at standse i haven for at beundre en grønblå fugl, som kækt springer fra gren til gren mellem frugttræerne. En fugl, det forstår man hurtigt, som er fuld af fikse idéer.

For den flyver på hovedet. Den taler fransk, men også dansk. Den har hue på. Den synes folk der bor oppe ved Limfjorden, er skøre. Den er otte tusind år gammel. Det var den, som skabte jorden. »Det var ikke så svært som du tror,« siger den.

»Har du så også skabt menneskene,« spørger jeg.

»Ja,« siger fuglen.

»Og mig? Har du skabt mig?«

»Ja,« svarer fuglen.

Og idet fuglen flyver baglæns og på hovedet rundt om mig, siger den på fransk, et sprog som kildrer så herligt i halsen, »Jeg er jo altings skaber, har jeg ikke sagt det?«

Jeg samler dens lille, røde hue op. Den taber altid huen, når den flyver med hovedet nedad og benene op. »Åh, tak,« siger den hver gang jeg rækker den huen tilbage.

Fuglen fortæller mig historier, når jeg kommer. Mens jeg strækker mig i det bløde græs og læner mig mod et venligt æbletræ, sidder den på en gren over mig.

Historier fulde af fuglens fantasi.

Jeg lukker øjnene og drømmer mig tilbage. Jeg drømmer sommeren tilbage. Jeg drømmer huset bag hækken tilbage. Jeg drømmer fuglen tilbage. Jeg drømmer mig selv tilbage. Igen og igen. Udenfor er det vinter. Vinden hyler og piber i de utætte ruder.

Jeg ville ønske, fuglen var her nu.

*

EN TELEFONSAMTALE

Telefonen ringer. Det er Albert. Han har opsporet mit nummer. Han er ude af sig selv. Hvem tror jeg at jeg er? Hvorfor fanden har jeg ikke sendt ham historierne? Er jeg dum i nakken?

Det er Ulivet, der har taget telefonen. Ulivet kan efterligne min stemme til perfektion. Det svarer roligt på alle Alberts beskyldninger. Smyger sig behændig ud af hans raseri. Albert kender mig slet ikke sådan. Det er ved at gøre ham vanvittig.

Jeg sidder på sofaen med hænderne i skødet.

Ulivet er tilfredst med mig. Jeg har gjort som jeg skulle. Jeg har ikke nævnt København. Eller Ulivet. Slutningerne er happy. Alt er præcis som Ulivet har forlangt det.

Til sidst knalder Albert røret på. Ulivet lægger forsigtigt telefonen ned. Ser ikke på mig. Nævner ikke samtalen. Som fandt den aldrig sted.

Jeg går ind ved siden af. Jeg vil være lidt alene. Resten af livet.

*

POSTHUSET

Jeg skal ikke finde mig i det. Jeg skal ikke sidde alle Alberts forhånelser overhørig. Det ville være helt forkert. Til min store overraskelse er Ulivet enig i mig på dette punkt.

Derfor har vi besluttet at sende hans historier til Frederik.

Albert ved at jeg i årevis ingen kontakt har haft til Frederik. Vi bryder os ikke om Frederik og han bryder sig ikke om os. Jeg har altid synes han var en ubehagelig person. Helt igennem.

I dag vil jeg gå på posthuset. Mine historier får han med i købet. De hænger mig langt ud af halsen.

Jeg glæder mig til det hele er overstået. Så vil jeg tage mig en kop skoldhed kamillete.

I mit indre hus.

*
FREDERIKS BUKSER
Kender du den type mænd, som har bukserne på til op over navlen? Sådan er Frederik. Allerhelst ville han have buskerne endnu højere op. Det er kun fordi armene er i vejen at han ikke forlængst er forsvundet fuldstændigt ind i sine bukser. Alt man ville se til ham var et par øjne, som gloede forskrækket ud af gylpen.

Desuden skulle man tro han var forelsket i sine bukser. For han har altid de samme på. Eller måske nærer han blot en dyb mistro til forestillingen om nye bukser.

I hvert fald var han sådan, da jeg stadig så noget til ham. Det er efterhånden længe siden. Jeg tør slet ikke tænke på hvordan det forholder sig med hans underbukser.

Han frygter forandring. Som pesten.

*

MIT INDRE HUS
Jeg lukker øjnene.

Indeni har jeg opført et hus fuldstændig identisk med mit eget.

Hvis jeg flytter rundt på noget i mit hus, flytter jeg også rundt på det indeni. Når jeg laver havregrød til morgenmad, gør jeg det også i det indre hus. Bagefter. Alt hvad jeg foretager mig, må jeg gentage indeni.

Det lyder besværligt, men ærligt talt, jeg gør ikke så meget. For det meste sidder jeg bare rundt. Jeg sætter pris på orden. På at tingene forbliver, hvor de skal være.

Kun én ting er anderledes. I mit indre hus har Ulivet ikke sin gang.

Det er derfor jeg har bygget det.

Og det forekommer stadig oftere at det er *herinde* at jeg tager mig en kop te eller laver havregrød. Og så må jeg selvfølgelig også gøre det i virkelighedens verden. Bagefter.

Jeg åbner øjnene.

Jeg ved ofte først, hvor jeg i, når jeg ser Ulivet. Ellers ved jeg det ikke. Om jeg er udenfor eller indeni.

*

MAN SKAL DYRKE SIN HAVE
Jeg har besluttet mig for at gå mere ind i mig selv. Jeg har en hel masse jeg skal ordne der.

Haven omkring mit indre hus har jeg i alt for lang tid forsømt. Den ser herrens ud. Jeg må se at få styr på den. Der skal slås græs, fjernes ukrudt, sås, luges, fældes, skæres til. Alt muligt. Jeg må anskaffe mig alskens indre haveredskaber. En motorsav. En havetraktor. Det har jeg fortjent!

Det kunne også være hyggeligt med et sommerhus. Et indre forstår sig. Hvor jeg kan slappe af efter det hårde arbejde i haven.

Jeg tror ikke Ulivet skal regne med at se meget til mig i den næste tid. Det bliver nok lidt ensomt for ham.

Jeg er ligeglad.

*

KONVOLUTTEN
Konvolutten ligger på bordet foran mig. Med Albert og mine historier. Ulivet er gået ind ved siden af. For at jeg kan have dette øjeblik for mig selv. For at jeg kan gøre det færdigt. Alene.

Jeg overvejer om der er noget at tilføje. Jeg tvivler. Ingen storslåede, sidste ord. Ingenting.

Derfor slutter jeg her.

Du vil aldrig få mit navn at vide. Mit rigtige navn. Det navn jeg bærer indeni.

Jeg hedder Marie Rapshoved Melpose.

Jeg lukker øjnene. Jeg lukker hænderne. Jeg lukker mig selv ned. Jeg lukker konvolutten.

DR. FREDERIK DIDRIK RAPSHOVED MELPOSE

*

EDGAR
Edgar er død.

Jeg står bare der og stirrer på ham. Som han ligger på gulvet.

Jeg er lige stået op. Uglet hår. I pyjamas. En kop med skoldhed kaffe i den ene hånd, morgenavis i den anden.

Udenfor er det begyndt at dæmre. Det småregner. Svagt lys simrer ind af sprækker i persiennerne. Et koldt, skyggeagtigt lys. Lægger sig over det lille hoved.

Tiden står stille.

Jeg taber ikke kaffekoppen eller avisen. Det er mig selv, der kæntrer.

*

DEN RØDE HALEFJER
»Edgar.«

Ordet falder ud af min mund.

Han er død. Men det er ikke det hele. Grå fjer ligger spredt om ham. Hulter til bulter. Næbbet er åbnet en smule. Øjnene er lukket. Han ligger på siden. I en rede af sine egne fjer. Den ene vinge er halvt foldet ud. En fod stritter lige op i luften.

Jeg får øje på en af hans røde halefjer og samler den op. Derved får jeg en smule blod på fingrene. Jeg vender og drejer den. Den er smuk og fin. Fuldkommen perfekt.

Edgar er blevet myrdet.

Der har fundet en kamp sted. Selvfølgelig har Edgar ikke haft skyggen af en chance. Fjer er blevet flået ud af hans krop. Han har vel forsøgt at flyve væk. Uden held.

*

POST
Jeg ved ikke hvor længe jeg bare står og kigger, inden jeg nænsomt samler ham op. Jeg stryger ham over det grå hoved. Jeg folder vingen sammen. Jeg lukker næbbet.

Edgar er en grå ara. En velvoksen af slagsen. En fin herre i sit ulastelige grå tøj og de røde halefjer, som jeg forestillede mig som slips. Han var som han var klædt. Tilbageholdende. Ikke prangede eller leflende for opmærksomhed. Jeg kender ingen finere end ham.

Jeg lægger ham på køkkenbordet. I et klæde. Jeg sætter mig ned. Mine øjne ser intet. Senere går jeg ud og henter posten. Da er det forlængst blevet lyst. Det undrer mig.

I postkassen er det så jeg finder den store konvolut fra Marie. Jeg åbner den og bladrer papirerne igennem. Hvad er det for noget? Historier, den ene efter den anden. De interesserer mig ikke. Men de giver mig en idé. Jeg vil skrive det her ned.

Om hvordan jeg opklarer mordet på Edgar.

NÆSTEN HØJESTERETSDOMMER

Mit navn er Dr. Frederik Didrik Rapshoved Melpose. Jeg er jurist, advokat, sagfører. Og næsten højesteretsdommer. Der mangler bare et par gode forfremmelser, så er det så vidt. Og et par af de rigtige forbindelser. Til kongehuset. Så er den hjemme.

Det sker snart.

Desuden er jeg begejstret ornitolog, begejstret katteelsker, begejstret fisker, begejstret læser, begejstret vandringsmand. Alt hvad jeg kaster mig over, gør jeg i begejstring.

Det hænger sammen med min særlige beskaffenhed.

*

SYV KATTE

Egentlig burde jeg ikke have det store besvære med at opklare, hvem der har myrdet Edgar. Det er næsten for nemt.

Syv katte har adgang til huset. Gennem kattelemmen. Selv-følgelig kan et andet dyr have sneget sig ind. Men det er aldrig sket før. Den mulighed kan jeg godt udelade.

Så jeg vender min opmærksomhed mod de syv katte. Mine katte. Mod Pjevsen, Timbuktu, Let-På-Tå, Musen, Vildfang, Gerd Hansen og Ondskaben I Egen Høje Person.

Og fordi jeg får øje på Ondskaben I Egen Høje Person, som han ligger i stuen og slænger sig nonchalant på sofaen, lige så lang han er, som om intet var sket, er han min hovedmistænkte.

Det er ham, der gjorde det. Jeg ved det.

*

ONDSKABEN I EGEN HØJE PERSON

Ondskaben I Egen Høje Person vender sine natsorte øjne mod mig. Ellers rører han ikke på sig. Blikket er iskoldt og ubehageligt. Som altid. Det går gennem marv og ben.

Derfor kalder jeg ham sådan.

»Det var ikke mig.«

Han siger det dæmpet, men indtrængende. Jeg har knapt set hans mund bevæge sig.

»Selvfølgelig var det dig,« siger jeg. »Du har aldrig brudt dig om Edgar. Jeg har set det tusind gange. Hvordan du bare har ligget og stirret på ham. Ondt og sultent.«

Han fnyser fornærmet.

»Ondt. Ja, det er hvad du tror. Det ved jeg. Selvfølgelig har jeg stirret. Vi katte kan ikke andet.«

»Jeg har set dig fange fugle,« fortsætter jeg. »Jeg har set hvordan du leger med dem. Hvordan du nyder at se dem lide. Du kan ikke lægge bånd på dig selv. Lyv ikke!«

Ondskaben I Egen Høje Person giver sig til at vaske sine knurhår. Uden at tage blikket fra mig.

»Timbuktu var hjemme i går aftes,« siger han. »Jeg så ham. Hvis du vil snakke med en kat, der ikke forstår at lægge bånd på sig selv, så gå og snak med Timbuktu.«

Det overrasker mig. Sådan har jeg aldrig opfattet Timbuktu. Han virker altid så kælen og hengiven. Men hvad kender jeg egentlig til ham. Han er næsten altid væk.

Derpå strækker Ondskaben I Egen Høje Person sig, lukker øjnene og giver sig til at sove.

*

EDGAR VAR DER FOR MIG

Edgar forstod mig altid. Edgar var der altid, når jeg havde brug for ham. Edgar kunne man betro sig til. Edgar lyttede, hvis man havde noget på hjerte. Edgar var forstående.

Edgar var altid frisk på en druktur. Med Edgar kunne man gøre de mest tossede ting. Edgar var til fis og ballade. Edgar kendte de mest sjofle vittigheder du kan forestille dig.

Edgar hjalp altid til, lige meget hvad. Edgar var aldrig bange for at tage en tørn med. Edgar var ikke bleg for at give sig i kast med hårdt arbejde. Edgar var en guttermand.

Edgar var der for mig. I enhver henseende.

Uden Edgar er jeg bare et halvt menneske.

*

EDGARS NÆB

Engang var der Noget, der gjorde ondt

Det kan jeg huske. At der var Noget. Og det gjorde nederdrægtigt, forfærdeligt ondt. Men jeg ved ikke mere, hvad det var. Og jeg ved at jeg aldrig vil huske, hvad det var.

For Edgar kom, dengang Det gjorde nederdrægtigt ondt, og han bed Noget i stykker, som rev og sled i mig. Som ville gøre det af med mig. Han bed det i stykker med sit næb.

Papegøjer har umådeligt stærke næb. De kan sådan noget.

*

TIMBUKTU

Jeg går gennem frugthaven. Oppe i det gamle blommetræ er der intet at se til Timbuktu. Det er ellers hans yndlingssted. Det bestyrker min mistanke om at han igen er rejst til Timbuktu som jeg plejer at sige, når han tager på sine lange vandringer.

På en eller anden vis bestyrker det også mistanken om, at det var ham, der gjorde det.

Omme ved værkstedet er han heller ikke. Men jeg får øje på et ordentligt eksemplar af en skarnbasse (geotrupes stercorosus), som krydser min vej uden at værdige mig så meget som et blik. Jeg følger efter. For at forstå hvad for en spøjs fætter den er. Det er helt normalt at billeforskere gør sådan noget. Så glemmer vi alt omkring os. Vi er ikke til at hugge og stikke i. Alt der findes for os, er billen.

Jeg ved ikke, hvor længe jeg går sådan rundt.

Men det var ved at blive mørkt, da Pjevsen springer frem og kvaser billen med sin pote.

»Så er det nok!« siger han myndigt.

*

PJEVSEN

Pjevsen stirrer bebrejdende på mig. Jeg stirrer blot uforstående fra ham til den knuste bille.

Hvad har den gjort ham? Jeg forstår ikke denne lunefulde ondskab, som kendetegner visse katte. Det ene øjeblik er de sukkersøde, det næste er de dræbermaskiner.

Og jeg indser at Pjevsen også kunne have gjort det. Dræbt Edgar.

Det er som læser han mine tanker. Han ryster let på hovedet og ser meget fornærmet ud.

»Det var ikke mig, det ved du.«

»Ja? Er du sikker?« siger jeg. »Du har kvast den skarnbasse, som var det ingenting.«

»Jeg ved hvad Edgar betød for dig. Alt, alt for meget!«

»Du var misundelig,« siger jeg. »Sådan har du altid været. Fra killing af. Du vil altid have al opmærksomhed. Og dét, lige præcis dét, er grunden til at du har myrdet ham.«

Igen ryster Pjevsen bare på hovedet og ser fornærmet ud.

»Kom med,« siger han så.

Jeg følger efter ham. Gennem urtehaven og kartoffelrækkerne, forbi det gamle kastanjetræ, bagom hønsegården. Han går ind gennem bagdøren, som står på klem. Ind i køkkenet.

»Se,« siger han.

Jeg kigger og kigger. Og ser absolut intet.

»Ja, det er jo så køkkenet,« siger jeg.

»Spisebordet,« siger han. »Se på spisebordet.«

Jeg stirrer som besat på spisebordet. Det er pænt ryddet op. Og det går op for mig at jeg ikke har spist noget hele dagen. Det må være det han vil have mig til at forstå.

»Du har ret. Jeg er skrupsulten.«

»Nej,« siger han hårdt. »Du er blind. Kan du ikke se det? Der står to stole.«

»Det har der jo altid gjort,« indvender jeg. »Det er jo meget belejligt, hvis man får besøg. Så skal den ene ikke sidde på gulvet. Det tror jeg Eskild og Jakobsen sætter pris på.«

Men nu skruer Pjevsen bissen på og bliver ubehagelig.

»Hold op med din Eskild og Jakobsen. De findes ikke. Du får jo aldrig besøg. Og det ved du. Og du ved, hvem der plejede at sidde på den ene af de stole. Du ved det godt!«

Før jeg kan nå at svare, smutter han ind i stuen, og da jeg kommer derind, har han netop smøget sig gennem døren på klem og ind i soveværelset. Jeg følger efter ham.

»Se,« siger han igen.

Men denne gang gider jeg ikke kigge rundt. For med et blik har jeg set at alt er som det plejer. Jeg gider heller ikke sige noget. For jeg kan se på ham at lige meget, hvad jeg siger, vil det ikke være godt nok. Sådan er Pjevsen, når det stikker ham.

»Se, du har flyttet to senge sammen. To senge! Kan du ikke se det?«

»Jamen, hvad er nu det?« siger jeg. »Jeg kan godt lide at have lidt benplads, når jeg sover. Det ved du godt. Og ved du hvad? Det hænder faktisk at jeg får besøg om natten. Af dig og Musen og Vildfang og alle de andre. Så er i faktisk glade for en stor seng.«

Pjevsen hvæser af mig. Et langt, hvislende hvæs.

Det har han aldrig gjort før.

Ordene hvisler det ud af hans åbne gab.

»Du forstår ingenting.«

*

BEGRAVELSE

Dagen derpå begraver jeg Edgar.

Der er kun ham og mig til stede. Og i og for sig er han der jo ikke mere. Og i for sig er jeg, der jo heller ikke mere. Sådan føles det. Som om vi egentlig ikke er til stede.

Jeg har tømret en fin kasse sammen og lagt ham på et fornemt leje, som består af mit fineste silkeslips. Det røde med de blå striber. Jeg har bragt hans fjer så godt som muligt i orden. Kisten sænker jeg forsigtigt i jorden. På graven sætter jeg gul-violette stedmoderblomster. Jeg synger et par passende salmer og gør korsets tegn.

Amen.

Jeg må ned i byen og få bestilt den gravsten.

*

NØGLEN

Efter begravelsen gennemsøger jeg huset. Fra kælder til kvist.

Pjevsen har jo antydet, at der åbenbart skulle bo en anden i huset. I alt fald var det sådan jeg forstod ham, selv om hans tankegang af og til kan være lidt ret kringlet.

Selvfølgelig er det ikke tilfældet. Så ville jeg jo vide det. Det er jo ikke noget man lige går hen og glemmer, hvis man bor under samme tag med nogen. Så er man skør. Hele huset bærer et umiskendeligt præg af at der bor en enlig mand fuld af begejstring. Heldigvis!

Da jeg er færdig og sætter mig ved køkkenbordet for at drikke en kop velfortjent kaffe, tropper Pjevsen op. I hans mund dingler en Ruko-nøgle. Han lader den falde for mine fødder. Jeg er hævet over at værdige hans fund den mindste opmærksomhed.

»Beklager, du gamle,« siger jeg. »Du er på galt spor.«

Han stirrer bare på mig.

»Den er til det aflåste kammer i garagen,« siger han. »Det som du siger du har tabt nøglen til. Og du må se og få fat i en låsesmed. Men du får det alligevel aldrig gjort. Fordi du har så meget om ørerne. Siger du.«

Modvilligt kigger jeg ned på nøglen.

»Og du har fundet den. Der kan man bare se.«

»Ja,« siger Pjevsen. »Jeg fandt den ude på møddingen, hvor du i sin tid smed den hen, fordi du ikke ville se mere til den. Fordi du ville have at den skulle forsvinde i skidtet. For altid! Jeg lagde den til side. For at give dig den tilbage. Når du var parat.«

Længe er der ingen af os, der siger noget.

»Javel, ja,« siger jeg så.

*

SORG, FORTVIVLELSE, ANGST
Efter at Edgar bed Det i stykker, som gjorde ondt, var alt stadig ikke som det skulle være. Det kan jeg huske.

Jeg kan huske, at Sorgen kom på besøg. Jeg så den mens jeg sad i køkkenet og spiste morgenbrød og læste søndagsavisen. Ud gennem vinduet. Den strejfede om ude på gårdspladsen. Ledte efter en måde at komme ind i huset på. Ind til mig.

»Det er Sorgen derude,« sagde jeg til Edgar.

Edgar har altid været en handlekraftig papegøje, som det ikke er nemt at jage en skræk i livet. Jeg selv skælvede. Det er ikke sjovt at få besøg af Sorgen en søndag morgen.

Men Edgar fik en haspe af køkkenvinduet og fløj sporenstregs ud og bed Sorgen i stykker med sit skarpe næb. Jeg så det hele. Det var bestemt ikke noget kønt syn. Stakkels Sorg!

Men det var ikke det hele. Slet ikke.

For samme aften da jeg sad og så TV Avisen, gik døren til det lille gæstetoilet pludselig op. Og der stod Fortvivlelsen! Åbenbart havde han haft held til at smyge sig gennem det smalle vindue. Det kunne undre for han var mægtig af omfang.

Men Edgar udstødte et skingert papegøjeskrig og fløj på ham. Fortvivlelsen blev bidt sønder og sammen. Der var intet tilbage af ham. Det havde han nok ikke regnet med.

Stadig var det ikke slut.

Midt om natten vågnede jeg, idet jeg mærkede noget tungt og iskoldt på mit bryst. Da fik jeg en slem forskrækkelse. For der på min brystkasse dvælede Angsten. I al sin vælde. Som et mægtigt insekt. Den var vel kommet for at æde mig op. Med hud og hår.

Jeg stønnede højt. Og det var vel det, som alarmerede Edgar. For øjeblikket efter lynede han på grå vinger lige i sulet på Angsten. Mig bekendt er Angsten ikke til at spøge med. Men Edgar kendte ikke til frygt. Jeg hørte Angsten bede for sit liv. Uden held.

Derpå var det slut.

Alt var igen som det skulle være.

*

DET AFLÅSTE KAMMER

Jeg har ikke så meget lyst til det. Men der er jo ingen vej udenom. Pjevsen trasker i hælene på mig. Som er han bange for at jeg skal stikke af eller smide nøglen væk.

»Jamen, lad os så få syn for sagn.«

Jeg siger det så skødesløst som muligt. Jeg prøver at smile. Men det lykkes vist ikke.

Vi er gået ud i garagen. Til døren med hængelåsen. Da jeg aldrig har kunnet huske, hvad der er derinde, har jeg slået mig til tåls med at det ikke kan være noget særligt. Derfor har jeg aldrig fået brudt låsen op. Pjevsen ser anderledes på sagen.

Nøglen passer. Det ærgrer mig. Mest fordi det ville have været et slag i ansigtet på Pjevsen, hvis den ikke havde passet.

Jeg slår døren op. Og bliver bare stående.

Derinde i det trange kammer er der opmagasineret alskens kram. Det ligger hulter til bulter. Stole, skabe, bøger, alt muligt småt krimskrams. Og uanede mænger af tøj.

Kvindetøj.

Jeg stirrer på et par læderhandsker, der ligger umiddelbart foran døren. Støvet til. De ser ud til at have tilhørt en fin frue.

Jeg skubber forsigtigt døren i og går væk.

*

TO HIDSIGE BREVE

Selvfølgelig er der en forklaring. Jeg slår mig selv for panden. At jeg ikke kom på det noget før. Samtidig bliver jeg stiktosset. De tror nok de kan løbe om hjørner med mig!

Der er selvfølgelig tale om at jeg har opmagasineret møblement, tøj og andet gods for Marie, mens hun var på kostskole i København. Eller for Esmeralda, min anden søster. Hun var også i København på kostskole. Ligesom os andre. Som traditionen byder.

Og så tænkte Marie eller Esmeralda sørme at det kunne jeg beholde. Alt det gamle ragelse. Alt skulle pludselig være nyt og fint. Fordi hun var en anden. En bedre.

Men det skal tro nej, skal de!

Jeg skriver to umådeligt hidsige breve. Til dem begge. For at være på den sikre side.

*

LÆDERHANDSKERNE

Netop som jeg har afsluttet de to breve, er det at Pjevsen pavestolt kommer spankulerende. I munden har han de fine læderhandsker. Han har et triumferende glimt i øjet. Handskerne lader han falde for næsen af mig. Jeg værdiger dem ikke et eneste blik.

»Du kan spare dig det der,« siger jeg.

Det får ham til at stivne. Det var ikke det svar han havde ventet. Han kniber øjnene sammen.

»Du ved, hvem de handsker tilhører,« siger han.

»Ja,« siger jeg. »Og det kan bare lige passe. At Marie og Esmeralda går på kostskole og bliver nye og bedre mennesker. Og så kan jeg beholde deres gamle habengut.«

Pjevsen stirrer bare måbende på mig.

»Næh, min fine ven,« fortsætter jeg. »Den går ikke hos mig.«

Jeg ser hvordan Pjevsen opgiver mig. Uden at sige noget, trækker han sig baglæns. Væk.

*

FORDELEN VED EN LANDEJENDOM
Et lille godt råd.

Det er en god idé at have en landejendom til rådighed, hvis man træffer den beslutning at samle på lovsamlinger. Der er i reglen tale om digre værker i uendelige serier. Bøger så tunge at man knapt kan løfte dem. Lovens ord er grundigt. Her bliver absolut intet overladt til tilfældighederne. Derfor. Det er godt sådan.

Loven er vores bolværk mod alskens dårligdomme.

Jo større en lovsamling er, des bedre. Jo tykkere bindene er, desto større min fornøjelse. En lille samling af tynde bind ville jeg straks nære en dyb mistro til. Sådanne værker samler jeg ikke på.

Som sagt, det kan betale sig at have en landejendom. De tilbyder stor plads, hvori man kan indrette og udvide sin samling. En lejlighed fx i København er døden for en lovsamling. Folk, der bebor lejligheder, anbefaler jeg højest at samle på frimærker.

Det var da også derfor jeg flyttede på landet. Jeg overtog denne ejendom for hvad der tilkom mig af fars arv. Alle dyrene fik jeg hurtigt afhændet. Derpå indrettede jeg laden, stalden, værkstedsog forrådsrum samt hønsehuset og høloftet med solide reoler og gik i gang med det fornøjelige arbejde at sætte lovsamlingen op.

Lov kan man ikke få for meget af. Sådan har jeg altid sagt.

*

STRÅLENDE HUMØR OG ALMINDELIG BEGEJSTRING
Før far døde havde han visse sidste ønsker.

Et af dem var at hans strålende humør og almindelige begejstring ikke skulle gå tabt. Det var to karakteregenskaber, som kendetegnede ham og som han var stolt af.

Desværre var det sådan at han var bekymret. Det hang sammen med at vi, hans børn, alle som én var mutte og vanskelige. Der var ikke den mindste smule af strålende humør og begejstring i os.

Og det gjorde ham trist.

Han sagde det lige ud. Sådan var far. Han sagde altid alt lige ud. Var der noget, han afskyede, var det ting der ikke blev sagt lige ud. Og fingre der blev lagt imellem.

Men det var først, da jeg kom på kostskole i København, at jeg formåede at vride mig fri af min mutte, indesluttede og sygelige statur og endelig efterkomme fars ønske.

Jeg undergik en forvandling.

Fra da af var jeg kendetegnet ved et strålende humør og en almindelig begejstring. Sådan kan livet tage uforudsigelige drejninger. Far ville have påskønnet det.

*

DET SKYGGEAGTIGE

Alle livets tildragelser har jeg bestræbt mig at møde med hævet pande og begejstret. Trods modgang har jeg holdt hovedet højt og udvist sjældent gåpåmod.

Jeg har gjort det til en tommelfingerregel, kun at beskæftige mig med ting, som begejstrer mig. Alt andet lader jeg ligge. Alt skyggeagtigt ryger direkte i skraldespanden.

Eller jeg har bedt Edgar bide det i stykker. Hvad han med glæde gør. Han bruger gerne sit næb til et godt formål. Der findes ikke det skyggeagtige han ikke kan få bugt med.

Derfor er jeg forblevet begejstret.

*

VILDFANG

Men lige nu kniber det med det strålende humør.

Næste dag er det et herrens vejr. Bidende blæst og regnskyl, der pisker mig i ansigtet, da jeg ud på morgenen sjokker hen til Edgars grav. For at ihukomme ham.

Der sidder til min overraskelse Vildfang.

Egentlig burde det ikke overraske mig. Vildfang er sådan en kat, som man ikke ser skyggen af i sommer og solskin. Men så snart vejret slår om og det blæser gevaldigt op og bliver koldt og vådt, så er han over det hele. Han er helt tosset efter dårligt vejr.

Han elsker åbenbart at blive våd ind til skindet. At fryse så hele hans krop ryster. At blive gennemblæst, så pelsen bliver helt filtret og purret op. Det er hans kop te.

Og der sidder han altså. Ligeglad med den piskende regn og blæsten, der piber om ørerne. Jeg stiller mig ved siden af ham. Længe er der ingen af os der siger noget.

Derpå vender han sig mod mig.

»Jeg ved, hvem der gjorde det,« siger han.

*

DET STØRRE PERSPEKTIV
Mere siger han ikke.

»Og hvem var det så?« siger jeg.

Men han har igen vendt sin fulde opmærksomhed mod graven. Og jeg har absolut ingen anelse om, hvad der foregår i hans hoved. Vildfang er mig en gåde.

Endelig taler han igen. Det er knapt jeg kan høre ham. Himlen har åbnet sine sluser. Alligevel mejsler hvert af hans ord sig skærende klart ind. Han taler som kun Vildfang kan. På afstand af det hele, køligt ræsonnerende, i formfuldendte sætninger.

»Du tror det er et mord begået i affekt, ikke?« begynder han. »Sådan et typisk drab, der lever op til alle fordomme om katte. At vi er underlagt vores instinkter og lunefulde. Jeg må skuffe dig, Frederik. Du er på galt spor. Du har ikke fattet en brik.«

Derpå gør han en af sine typiske kunstpauser, hvor hans ord har tid til at sive ind hos mig.

»Men jeg kan betro dig,« fortsætter han, »at hvad der er hændt Edgar, er at føre tilbage til en velovervejet handling. Ingen har været i sine følelsers vold i gerningsstunden.«

»Du er godt informeret,« får jeg indskudt.

»Jeg har set det komme,« siger han.

»Du har set det komme?« gentager jeg vantro.

»Ja, det var længe undervejs. Som jeg ser på det, blev der tøvet for lang tid med at skride til handling. Man ville skåne dig. Det er synd. Det har intet godt ført med sig.«

Jeg stirrer bare vantro ned på ham gennem de vilde strømme af regn.

»Ser man det hele i et større perspektiv,« siger han, »ligger den egentlige årsag år tilbage.«

Ordene stammer jeg frem. Ord som drukner i regnen. Alligevel lader det til han hører dem.

»Den...egentlige...årsag?«

For anden gang vender han blikket mod mig.

»Ja. Dengang Karen døde. Din kone.«

Derpå går han. Regnvejret opsluger ham.

*

JEG HAR ALDRIG VÆRET GIFT
Jeg kender ingen, som hedder Karen.

Jeg har aldrig nogensinde kendt en Karen. Jeg kan ikke forestille mig at jeg vil komme til det.

Jeg har aldrig været gift.

Jeg forstår ikke, hvad det er Vildfang vil binde mig på ærmet.

*

CHATEAUNEUF-DU-PAPE

To gange har jeg rørt alkohol i mit liv. I begge tilfælde var der kun tale om fingrenes ufrivillige berøring med en flaske Châteauneuf-du-Pape, årgang 1987.

Dermed sagt, at jeg aldrig har drukket en eneste slurk af dette forbandede djævelsværk.

Første gang jeg rørte flasken, var i anledning af at jeg trådte ind i de voksnes rækker, hvor min far overrakte mig den med de strengeste formaninger om aldrig at åbne den. Han skænkede mig en fristelse fra voksenlivet, som han forklarede, så jeg kunne tage ved lære af hans eksempel. Og lære den fuldstændige afholdenhed.

Far så aldrig direkte på vinflasken.

Anden gang jeg rørte den omtalte rødvin, var da jeg denne aften fandt den frem fra spisekammeret, hvor den har stået opmagasineret godt gemt bag ved eddike og spiseolie.

*

UDSKEJELSER

Da jeg vågner næste morgen, ligger jeg sammenkrøbet og nøgen på gulvet i køkkenet. Det dundrer i mit hoved. Jeg har aldrig følt mig så utilpas før. Jeg forstår ingenting.

Tilsyneladende har en eller anden kastet op på tæppet i stuen, i køkkenet og overalt på toilettet. Det ser fælt ud. Det kan ikke have været mig. Jeg kaster aldrig op.

Mit tøj finder jeg ude på gårdspladsen og i frugthaven. Hvor underbukser og sokker er, forbliver et mysterium.

Jeg bemærker at nogen har gravet i forhaven, omme ved flagstangen. Det er mig ubegribeligt. Hvem skulle have gravet der? Vedkommende har end ikke gjort sig den ulejlighed at sætte de opgravede totter af græsplænen tilbage. Jeg er nødt til at vide besked, så jeg henter spaden. Allerede efter det første spadestik, støder jeg på noget hårdt. Det viser sig at være flasken med Châteauneuf-du-Pape. Den er tom.

Forestillingen om at jeg skulle være ophavsmand til disse udskejelser, er mig for afskyelig. Jeg skubber den til side.

Heldigvis er far allerede død.

*

TIDENS TAND

Jeg ser på mig selv i spejlet. Et modbydeligt fjæs stirrer tilbage. Sorte rander under øjnene. Gusten hud. Viltert hår.

Jeg er ved at blive ældre.

Tidens tand gnaver i mit kød. Tiden har fæle tænder. Vind og skæve og gule er de. De har vist aldrig har været under en tandlæges kærlige behandling. Sådan ser det ud.

Tiden elsker at bide til. At sætte sine tænder i et stykke ungt kød og gnave det sønder og sammen.

Sådan ser jeg ud.

*

LET-PÅ-TÅ

Jeg står stadig med den tomme Châteauneuf-du-Pape flaske i hånden og ved ikke mine levende råd. Jeg mærker hvordan far vender og drejer sig i graven. Ude af sig selv.

Da er det at Let-På-Tå dukker op.

Let-På-Tå er sort som blæk. Den har det med at materialisere sig pludseligt, ud af intet. Dens øjne kan både være fløjlsbløde og iskolde. For det meste er de begge dele. Samtidigt.

Katten smyger sig indsmigrende mod mine bukseben, mens den højlydt spinder. Jeg begriber ikke dens gode humør. Igen har jeg fornemmelsen af at den i bund og grund er falsk.

Jeg har aldrig brudt mig om den.

*

KATTENS LEG MED MUSEN
Bagefter forstår jeg at Let-På-Tå har ventet på dette øjeblik. Hvor jeg står der med vinflasken. Hvor far vender sig i graven. Hvor det føles som jordbunden forsvinder.

Da slår den til.

Som kun en kat formår det. Med denne lunefulde og mærkværdigt ligeglade ondskab, hvormed de også leger med mus.

Let-På-Tå begynder at tale. Med sin typiske lavmælte, indtrængende stemme. Jeg er en mus. Ikke andet. Og det hele er bare leg.

»Du sang og skrålede,« siger den.

»Du brækkede sammen af grin.«

»Du græd. Tårerne flød i stride strømme.«

»Du fortalte alt. Om Karen.«

»Du svælgede i fortiden.«

»Du bad så mindeligt om hjælp. Bønfaldt mig.«

»Du forbandede Edgar. Ønskede ham ad helvede til.«

»Fordi han tog alt væk fra dig. Fordi han ødelagde dig.«

Sådan bliver Let-På-Tå ved i en uendelighed. Jeg siger ingenting. Jeg ser bare til min daglige dont. Og han følger i hælene på mig. Smyger sig om mine ben. Højt spindende.

Livet siver ud af mig.

*
KATTEHALER
Først ud på aftnen, da han endelig tier, taler jeg.

»Det var dig, der gjorde det, ikke? Dig der ondulerede Edgar?«

Let-På-Tå kigger ikke engang på mig. Han ligger på mit skød, rullet sammen. Vi ser TV Avisen. Men hans hale slår et par viltre slag. Halen afslører ham. Som morder.

Jeg er grædefærdig.

»Hvor kunne du?«

Derpå begynder han at spinde. Højt og rigtigt uldent. Så jeg knapt kan høre de seneste meldinger. Det forekommer mig så forkert og kunstigt som noget kan være.

»Næ,« siger Let-På-Tå henkastet. »Det var såmænd ikke mig.«

»Din hale siger noget andet,« siger jeg.

»Kattehaler siger altid noget andet,« filosoferer Let-På-Tå. »Det er derfor vi har dem. Til at sige noget andet.«

Det lyder som en dårlig undskyldning.

»Hvorom alt er,« siger jeg, »du lyver. Jeg kan se det på dig.«

Nu løfter Let-På-Tå hovedet og ser på mig.

»Jeg så det hele,« siger den. »Fra begyndelse til slut. Jeg lå på sofaen mens det skete. Helt stille, kiggede bare. Kun min hale gik sine egne veje. Som kattehaler jo gør. Den piskede rundt.«

»Hvem var det?« spørger jeg.

Men Let-På-Tå vender sig bort. Og tier.

*
AT BEHERSKE SIG SELV
Der sætter jeg grænsen. Af respekt for Edgar.

Indeni er jeg ude af mig selv. Udadtil ser man intet.

En god egenskab at beherske for det tilfælde at man skulde gå hen og blive højesteretsdommer. Jeg har lært at lægge bånd på mig selv. At skjule det indvortes.

Derfor er jeg roligheden selv, da jeg nænsomt bærer Let-På-Tå ud og lukker døren. Kattelemmen hasper jeg til. Jeg har ikke lyst til at få besøg af flere firbenede i aften.

Derpå går jeg ind i mig selv.

*
TOMT HYLSTER
Jeg kan huske det som var det i går.

Noget gjorde nederdrægtigt ondt. Det havde slået mig omkuld. Jeg ville ikke leve mere. Den jeg engang var fandtes ikke mere. Alt der var tilbage var et tomt hylster. Alligevel gik jeg omkring som om intet var sket. Et begejstret menneske med fremtiden for sig.

Men sandheden var at jeg sank ned i fortiden.

Sandheden var at det skyggeagtige ødelagde mig.

Det er sjovt. Jeg kan ikke komme på, hvad det var der var sket. Jeg kan virkelig ikke komme på det. Det er selvfølgelig Edgars skyld. Derved reddede han jo mit liv.

Uden hans indgriben var jeg ikke her i dag. Jeg skylder ham mit liv. Jeg skylder ham alt.

Og en af mine katte har slået ham ihjel!

*

GENOPSTANDELSEN
Udadtil kunne man forledes til at tro at Edgar bare var en hvilken som helst gråpapegøje. Dem findes der jo alligevel en del af. Men sådan forholder det sig ikke. Tværtimod.

Edgar var det, der holdt mig gående.

Som fik mig op at stå om morgnen.

Edgar var mit liv, efter at mit liv var hørt op. Han var genopstandelsen efter at jeg var død. Han var tro, håb og kærlighed, da jeg lå som en strandvasker og skyllede i brændingen.

*

JEG VED AT JEG DRØMMER

Jeg drømmer.

I drømmen ved jeg at jeg drømmer. Jeg ved det er MIN drøm. Jeg vil være alene i den.

Men dér kommer Eriksen i sin gamle røde Massey Ferguson. Lige durk gennem min drøm. Larmende, bandende og vildt gestikulerende. Præcis som jeg kender ham.

Eriksen benytter enhver tænkelig (og utænkelig) lejlighed til at køre over min ejendom. Sandt nok, den har engang tilhørt ham, men det betyder ikke at han kan tillade sig alt. På visse dage kan man få det indtryk at han ikke kan finde på noget bedre end at køre frem og tilbage på sin Massey Ferguson. På kryds og tværs. Over min grund.

Jeg sender ham et ondt blik og det er nok til at få ham til at pakke sig.

Jeg tror jeg er alene.

Men så får jeg øje på et kvindemenneske. Langt væk. Med ryggen til. Jeg bryder mig ikke om det.

Jeg råber til hende at hun skal se og forføje sig. At hun er gået forkert. At hun ikke har noget at gøre her. At det her er min drøm. Og jeg vil have den for mig selv.

Men det er som om hun ikke hører mig. Der er ikke andet for end at jeg må hen og smide hende ud. Så jeg kan få lidt fred. Da jeg når tæt på, ser jeg hendes ryg skælve af gråd.

Alligevel er jeg benhård. Hun skal væk.

Jeg rører ved hendes skulder.

»Du er nødt til at gå. Nu.«

Da hun mærker min berøring og hører min stemme farer hun sammen og snurrer rundt. Hendes ansigt er mig fremmed. Alt ved hende ånder af panisk angst.

»Frederik,« siger hun, »kan du ikke se det? Det er mig!«

Jeg vågner med et sæt. Badet i sved.

*

TILDE

Ved fodenden af min seng, ligger Tilde. Min yndlingskat. Jeg stirrer lige ind i dens øjne, da jeg sætter mig op. Og et øjeblik smelter kvindemenneskets og dens øjne sammen.

Og de holder mig fast.

Derpå ryster jeg drømmen af mig. Mit blik glider væk og i soveværelset. Jeg er stadig rystet. Så mærker jeg Tildes poter traske over dynen. Op til mig. Et hvidt- og rødplettet hoved kræver min opmærksomhed.

Igen fanger den mit blik.

Dens trofasthed, dens følsomhed, dens forståelse er slet ikke til at komme udenom. Jeg kender ingen kat som Tilde. Den har noget umådeligt hundeagtigt over sig. Tilde kan gøre sine øjne så bedende, som ellers kun en hund med tæft for melodrama formår. Tilde giver hals, hvis der kommer fremmede til gården. Tilde beskytter mig.

Ville den også gå så langt som til at dræbe?

Den maner selv denne formodning i jorden, da den tager til orde.

»Frederik.«

»Ja.«

»Du har brug for hjælp. Det går ikke sådan her. Mjav.«

»Nej.«

»Du må tage ind til byen. Jeg kender én, der kan hjælpe dig. Mjav. Vil du gøre det for mig?«

»Ja.«

Et stykke tid stirrer den bare prøvende på mig, indtil den vel gør op med sig selv, at jeg mener det.

»Godt,« siger den. »Jeg taler om Vibeke. I dyrehandlen. Hun kan hjælpe dig. Det ved jeg.«

Det får mig til at spærre øjnene op.

»Et kvindemenneske?«

»Ja,« forsætter Tilde. »Hun er gjort af et særligt stof. Hun ved hvad du har brug for. Mjav. Og det du har brug for, har hun.«

Dette forekommer mig lidt spidsfindigt.

»Men Tilde,« indvender jeg, »hvordan ved du, at hun ved, hvad jeg har brug for, hvis du ikke selv ved hvad det er?«

Tilde logrer med halen og slikker mig i ansigtet.

»Og hvem siger at jeg ikke ved det?«

*

TRE FLUER MED ET SMÆK

Jeg beslutter mig for at slå to fluer med et smæk. Eller rettere sagt tre.

Gravstenen til Edgar må jeg se og få bestilt hos Albertsens Stenhuggeri. Det er det ene. Det andet er at jeg vil aflægge dyrehandlen et besøg. Som Tilde jo foreslog.

Som det tredje er det vist på tide at jeg aflægger mit kontor et besøg.

Mit advokatkontor, det havde jeg næsten glemt. Hvornår var jeg egentlig der sidst? Det foruroliger mig en smule at jeg ikke længere ved det. Hvad er en advokat uden kontor?

Nå, det kan vel ikke have været mere end en uges tid siden. Højest!

Som altid når jeg skal på kontoret ifører jeg mig mit stiveste puds. Det manglede bare. En sagfører der ikke modtager sine klienter i sit stiveste puds, skal ikke gøre sig forhåbninger om nogensinde at blive højesteretsdommer eller deslige. Sådan ser jeg på det.

Selvfølgelig tager jeg også lædermappen med. Uden den føler jeg mig nøgen og sårbar.

Ude i garagen gør jeg en besynderlig opdagelse. Bilen er væk. Kan jeg have glemt den et sted? Inde i byen? Mærkværdigvis kan jeg ikke huske hvad for en bil jeg har. Bilnøgler finder jeg end ikke skyggen af.

Så er der ikke andet for end at jeg må cykle. Det er ikke så slemt. Der er vist mange sagførere, der cykler på arbejde i København. Det viser mig fra en ung, dynamisk side.

Men cyklen er flad og ligner et arvestykke fra fars tid. Spindelvæv

105

hænger i tykke lag. Den er grå af støv. Som havde jeg aldrig brugt den. Hvad værre er at jeg ikke kan finde lappegrejerne.

Det ender med at jeg går til fods.

*

KOMPENSATION

Det første stykke af vejen fører gennem den skov, der omkranser min landejendom. Eriksen har kørt vejen sønder og sammen med sin Massey Ferguson. Desuden er den godt mudret efter den sidste regnskylle.

Advokater bør ikke hoppe og springe til højre og venstre for at undgå at få snavs på benklæderne. Advokater med respekt for sig selv lader sig ikke distrahere af petitesser. Derfor forcerer jeg alt det er muligt at forcere. Ingen muddersøer er mig for dybe.

Efter et stykke vej slutter Tilde sig til mig. Og kort derpå Let-På-Tå. De kommer selvfølgelig op og toppes. Let-På-Tå bryder sig ikke om idéen om at jeg vil aflægge dyrehandlen et besøg. Den beskylder Tilde for at sætte mig griller i hovedet. Tilde hidser sig grueligt op. Let-På-Tå er et infamt utyske. Den vil mig intet godt.

Det ender med at de kommer op og slås.

Jeg forsøger at lægge mig imellem. Og det lykkedes da også til dels. Let-På-Tå vender bandende og svovlende snuden hjemefter. Mens Tilde indvilliger i at følge mig til byen.

Jeg må erkende at jeg ser herrens ud. Mine bukser er fuldstændigt mudret til. Helt op til lårene. Mine ellers skinnende blanke sko er to klumper mudder. Min hvide skjorte såvel som den øvre del af min statelige habit er blevet sønderrevet i kampens hede. Desuden har jeg fæle rifter både på hænder og i ansigtet. Jeg ved ikke hvordan, men det er lykkedes Let-På-Tå at give mig en ordentlig blodtud.

Som kompensation sætter jeg den mest alvorlige advokatmine op jeg kan præstere.

*

FRIKADELLER

Frikadellestuen.

Der er noget helt galt her.

Der hvor mit kontor burde ligge, forefindes i stedet en restaurant af tvivlsom herkomst, som ifølge et skilt med snirklede neon bogstaver lyder det prosaiske navn Frikadellestuen. Jeg forstår det simpelthen ikke. Var det ikke blot en uges tid siden jeg var her sidste gang for at hente et par sagsmapper fra aktuelle klienter?

Jeg træder ind. Et par søvnige blikke fra de få besøgende hviler uinteresseret på mig. I baggrunden kvækker en snøvlende jazzkomposition. Antageligvis står jeg alt for længe og ser fortvivlet ud for værten beslutter sig for at komme frem fra disken og venligt, men bestemt at gelejde mig hen til et afsides bord i hjørnet, hvorefter han påtvinger mig frikadeller.

Da han kommer med dem, har jeg fået så meget hold på mig selv, at jeg får fremstammet spørgsmålet om jeg ikke befinder mig på Holger Tavsens gade 9. Det bekræfter han nikkende. Jeg forstår det ikke, siger jeg ligeud. Der burde ligge en advokatpraksis her. Ikke en frikadellebiks.

Nej, indvender han, her fås ikke advokatbistand. Kun frikadeller. Som hans mor lavede dem. Stegt i ægte smør. Med små bidder brød i. Med en herlig, sprød skorpe.

Han tænker sig om et øjeblik. Der lå en lægepraksis før, forklarer han. Men lægen døde. I en ung alder. Førhen lå der en cykelsmed, som hed Smed til efternavn. Javel, siger jeg. Før ham havde en slagter haft sin gang her. Han forstod sig på flæskesteg. Ellers intet. Længere tilbage stod forretningen vist længe tom.

Javel, siger jeg.

Men nu hvor han tænker over det, fortsætter han, var der vistnok en advokatpraksis før det kom så vidt. Advokaten led den kranke skæbne at gå i hundene, fordi hans kone gik hen og døde. Staklen har man ham bekendt ikke set mere til.

Hans kone døde? spørger jeg.

Sygdom, vistnok. Eller var det selvmord? Eller en ulykke? Værten beklager at han ikke kan huske det. Det er efterhånden mange år og mange frikadeller siden, siger han.

Bagefter, da han er gået, sidder jeg længe og stirrer på de frikadeller, som ligger på tallerkenen foran mig. Og jeg har en ubehagelig fornemmelse af at de stirrer tilbage.

*

BEKYMRING

Ude på gaden venter Tilde. Den er lykkelig over at jeg har taget en frikadelle med ud. Samtidig bemærker jeg at den skæver nervøst til mig.

»Vidste du besked med det her?« spørger jeg.

Jeg ved ikke engang selv, hvad jeg præcist mener med det.

»Med hvad?« siger Tilde uskyldigt, men undgår mit blik.

Jeg ved ikke, hvad jeg skal sige. Så jeg tier.

Jeg klamrer mig til min lædermappe, som var den mit sidste holdepunkt i denne storm.

*

STENHUGGER ALBERTSEN

»Hva dælen!«

Albertsens øjne er store som tekopper. Mulen hænger på ham. Som har han set et gespenst. Han stirrer bare. Op og ned ad mig. Blodtuden, de forrevne klæder, mudderet. Han er lige kommet ind fra værkstedet. Og ligner selv et gespenst så støvet han er. Vi står i det som jeg af en eller anden grund ved han kalder for kontoret.

»Det var Tilde og Let-På-Tå,« forklarer jeg. »De kom op og disputere.«

Albertsen glor på mig som var jeg vanvittig.

»Disputere?«

»Ja, to af mine katte. Jeg har syv.«

Mistroen lyser ud af Albertsens øjne.

»Katte?«

»Ja,« siger jeg bare.

I en stund er vi begge tavse, indtil Albertsen får nogenlunde hold på sig selv. Han ser gammel ud. Hans hænder ryster. Da han skænker kaffe, klirrer kopperne. Han er tilsyneladende ligeglad.

»Det er sgu længe siden,« siger han så. »Jeg troede aldrig jeg skulle se dit åsyn igen. Men her står du sørme. Efter så mange år. Jeg troede fanden dæleme du havde glemt mig.«

Nu er det mig, der glor. Glemt ham? Mig bekendt kender jeg ham kun fordi det var ham, der lavede far og mors gravsten. Så godt at selv far ville have været stolt.

109

Han opsnapper min forvirring.

»Jeg var din bedste ven, husker du?«

Jeg ryster på hovedet. Det han siger passer ikke. Jeg havde kun én bedste ven og det var Edgar. Det får underligt nok Albertsen til at nikke svagt. Som havde han forventet dette.

»Ja, så er det sgu som jeg tænkte. At du gik fra snøvsen. Undskyld udtrykket. Gamle venner siger tingene ligeud. Og det var det, der skete. At du gik fra snøvsen.«

Han tager sig en ordentlig tår kaffe. Kniber øjnene hårdt sammen. Kigger vurderende på mig.

»Karen var jo min søster, ved du det stadig?«

Uvilkårligt går jeg et skridt tilbage. Det hele er ved at gå galt. Som rotter alt og alle sig sammen mod mig. Og jeg længes efter at komme hjem. Til gården, til freden.

»Nej,« fortsætter han. »Jeg kan sgu se det på dig. Det hele er gået under i dig. Visket ud. Som fjernede man indgraveringen på en sten og den stod blank tilbage.«

Han ler kort, men tager sig så i det.

»Ved du hvad, det har jeg sgu også sagt til konen derhjemme. Gudrun. Hende husker du nok heller ikke. At jeg sgu ikke kan leve uden hende. Det har jeg sgu sagt. Men det er jo dæleme bare sådan noget man siger, ikke? For at få fred i huset.«

Han kigger på mig.

»Men med dig og Karen var det sådan. Der spillede det sgu ingen rolle om du sagde det eller ej. Du kunne fandme ikke leve uden hende. Du gik helt i hundene. Bagefter.«

»Ja,« siger jeg. Men jeg kunne lige så godt have sagt »nej.« Fordi jeg er så langt væk.

Albertsen tager sig endnu en ordentlig tår kaffe.

»Du døde med hende. Det var det alle sagde. Dengang. Her i byen. At der bor en død mand oppe på Skovgården. Skovgårdsmanden kalder rollingerne dig. Alle mødrene har forbudt dem at gå derop. Til dig.«

Jeg vender tilbage.

»Jeg er kommet for at få lavet en gravsten,« siger jeg. »Til Edgar.«

*

RAVNEN

»Edgar?« udbryder Albertsen forbløffet.

Denne gang er det ham, der forsvinder. Hans ansigt bliver tomt, øjnene blanke og fjerne.

»Ja, min kat,« forklarer jeg.

Men det er tydeligt at han ikke længere hører mig.

Han sidder bare og glor. Tager sig en kaffeslurk, selv om koppen er tom. Uden at bemærke det.

»Jeg har allerede lavet den,« siger han så.

Nu er det mig, der er målløs.

»Du har allerede lavet den?«

»Ja,« siger han. »Det er sgu længe siden. År tilbage, du. Mit svendestykke. Pragteksemplaret i min samling. Ha! Det er sgu noget andet end det pjat de har stående i Baltimore.«

»Baltimore?«

»Ja, sgu!«

Nu griner Albertsen over hele fjæset.

»Kom, gamle jas. Nu skal du se den. Ja, jeg har jo aldrig vist den til andre end Gudrun. Så folk ikke tror jeg har pip i hovedtøjet. Der skal sgu ikke så meget til, ved du. Men når du selv kommer anstigende her og snakker løs om det, skal du sgu se den.«

Resolut tager Albertsen mig ved armen. Han fører mig gennem sit værksted og ud i baghaven. Han skæver til højre og venstre. Derpå fører han mig ind mellem nogle gamle bøge.

»Dér,« siger han og peger. »Dér står den fandme. I al sin vælde.«

Mellem træerne tårner en mageløs udskåret og tilhugget gravsten op. Jeg har aldrig set noget lignende. Det er et mesterværk. Indgraveringen i den fanger mit blik.

Edgar Allan Poe

1809 - 1849

»The boundaries which divide Life from
Death are at best shadowy and vague.
Who shall say where the one ends,
and where the other begins?«

Mit blik løfter sig op og fanger Albertsens. Han er pavestolt. Det er et stort øjeblik for ham. Alt andet er blæst væk. Der eksister kun ham og mig og gravstenen.

»Det ævl der, det er fra en af hans historier. Jeg kender sgu ingen som ham. Det er sgu fandens til forbandet godt ævl, den mand kunne vride ud af sit syge hoved.«

»Ja,« siger jeg bare.

Og så er det mig, der går i barndom. Til dengang jeg fremmumlede de skæbnesvangre vers for mig selv. Aldrig i andres påhør. Nu kommer de af sig selv. Jeg citerer højt. For første gang. Med brusten stemme.

»And the raven, never flitting, still is sitting, still is sitting On the pallid bust of Pallas just above my chamber door«

Albertsen taber både næse og mund. Det står skrevet i hans fjæs. At han sgu fandme aldrig havde troet dette skulle overkomme ham. At der stod én og reciterede The Raven.

Han stemmer i med en sådan selvfølgelighed, som har han gået og ventet på dette øjeblik hele sit liv. Det sidste vers. Hvor det åbenbares, at ravnen er et produkt af hans fantasi. At fuglen slet ikke har jordisk eksistens. At den er et dystert tegn på vanvid.

»And his eyes have all the seeming of a demon's that is dreaming And the lamp-light o'er him streaming throws his shadow on the floor«

Og jeg afslutter. Digtets sidste to vers. Ordene river sig løs af mig. Uden mit samtykke.

»And my soul from out that shadow that lies floating on the floor Shall be lifted - nevermore!«

Derpå er det som har vi sagt alt det, der skal siges. Som er der intet mere at tilføje. Albertsen kigger væk. Beskæmmet. Jeg ved ikke hvad jeg skal gøre af mig selv.

Så jeg går. Uden et ord til afsked. Uden at få organiseret gravstenen til Edgar. Bare væk.

*

TRØST
Jeg magter ikke at forklare Tilde noget som helst. Den vil aldrig forstå. Jeg forstår knapt selv, hvad der er sket. Jeg går bare ved siden af Tilde. Jeg ved ikke længere hvorhen.

Tilde vil trøste mig.

»Så, så,« siger den med blød stemme. »Nu går vi til Vibeke. I dyrehandlen. Og får ny papegøje til dig. En ligesom Edgar. De ligner jo hinanden, de fjerkræ. Så bliver alt godt igen.«

Jeg vil ikke til dyrehandlen. Jeg vil ikke have en ny papegøje. Jeg vil ikke til det kvindemenneske, som hedder Vibeke. Jeg vil ikke være et sekund længere i den forbandede by. Men mine ben er det åbenbart ligegyldigt, hvad jeg vil og ikke vil. Eller Tilde styrer dem.

»Så, så,« gentager Tilde, mens dens lille hoved har mig i et jerngreb og fører mig sporenstregs til Vibekes Dyreverden. Og Tilde slipper først, da vi står ved de store vinduer, bag hvilke alskens undulater i et stort voliere flyver rundt og kvidrer løs.

Der er også en gråpapegøje. I et bur for sig selv. Som er den blevet sat i detentionen. Den kigger lige på mig og ser uendelig trist ud. En sort pupil omkranset af gul iris.

Den ligner virkelig Edgar til forveksling.

*

VIBEKES DYREVERDEN

Et ungt kvindemenneske kommer ud af butikken. Det må vel være Vibeke. Hun ser smadret ud. Ude af sig selv. Hun tager sig til hovedet. Stønner højlydt. Som i smerte. Hun mumler noget jeg ikke forstår. Ryster mærkeligt over det hele. Hun stirrer op og ned af mig. Men det er der heller ikke noget at sige til. Jeg er jo ikke et kønt syn.

»Far,« siger hun så. »Er det dig?«

Jeg er paf. Et øjeblik i hvert fald. Indtil jeg genvinder fatningen. Så meget som jeg nu formår at genvinde den. For tydeligvis har kvindemennesket forvekslet mig med nogen.

»Nej,« svarer jeg. »Det er ikke mig.«

Men der er vist kvindemennesket ligegyldigt hvad jeg mener om den sag.

»Det *er* jo dig,« siger hun. »Det *er* dig!

»Nej,« vedbliver jeg. »Jeg er en anden. Jeg er ikke *far*. Jeg har ingen børn. Jeg beklager.«

Jeg bemærker ud af øjenkrogen at Tilde smiler. Den er åbenbart svært tilfreds med denne penible situation.

Kvindemennesket kommer tæt på. Hun løfter hånden og rører forsigtigt ved min jakke. Som tror hun hendes forstand spiller hende et puds. Hvad den jo egentlig også gør.

Men hendes berøring, så fin den end er, får noget til at vakle i mig. Jeg må tage mig gevaldigt sammen.

»Min kat her mener at jeg bør se på en papegøje. Den grå dér, i vinduet,« siger jeg.

115

Endelig er det som kommer den unge kvinde til fornuft.

»Kom indenfor,« siger hun. »Kom endelig ind.«

Og hun tager endnu hårdere fat i mit ærme end Albertsen gjorde det for kort tid siden. Hun nærmest flår mig med ind i butikken og knalder døren i lige i hovedet på Tilde som vist gerne ville have været med ind og se hvad løjer der mon ville udspille sig.

Hun holder stadig fast på mig. Benhårdt. Som vil hun aldrig mere nogensinde give slip. Og vi står sådan en god stund, helt stille, omgivet af akvarier, volierer og terrarier.

Og det er som om alle fugle, fisk, gnavere og krybdyr kigger på os.

»Far,« siger hun. »Jeg er så glad for at se dig. «

Det ærgrer mig at hun begynder med den snak igen.

»Ja, det var jo egentlig den papegøje, jeg kom for at kigge på. Den i vinduet,« siger jeg.

Jeg taler for døve øren.

»Far,« fortsætter hun. »Du skal bare vide at jeg ikke er sur. Du har ikke ladt mig i stikken. Du har ikke forladt mig. Ikke ønsket mig hen, hvor peberet gror og kragerne vender. Jeg har altid forstået det. Fra begyndelsen af. At du ikke vil kendes ved mig.«

»Vil De være venlig ikke at kalde mig far hele tiden,« siger jeg.

»Det var fordi du elskede mor. Så uendeligt højt. Og så var hun der ikke mere. Pludselig.«

Nu begynder hun sørme også, tænker jeg.

»Jeg så det på dig,« siger kvindemennesket. »At du gik med hende. Ned til de døde.«

Hun holder en kort pause. Alle undulaterne sidder stille på deres pinde og betragter os med sorte pupiller. De vil ikke gå glip af et eneste ord, som vi udveksler.

»Jeg kom til dig, gang på gang. Deroppe på gården. I den første tid hidsede du dig grueligt op og sendte mig væk. Men så en dag var vreden forsvundet. Du vidste ikke hvem jeg var.«

Jeg lytter også bare med. Ligesom dyrene.

»Fordi far var flyttet til de døde.«

Jeg mumler ordene uhørligt ud. »Jeg er ikke Deres far.«

»Jo,« siger kvinden. »Det er du.«

Jeg kan se på hende at hun har en jernvilje. At hun kan kæmpe med næb og kløer. Og hvis hun fremturer med at en mand er hendes far, så er det sådan. Basta!

»Og du er kommet for at hente din datter tilbage,« fortsætter hun. »Jeg kan se det på dig. At du er genopstået fra de døde. Det er det, jeg har ventet på. Hele tiden.«

Jeg prøver at give samtalen en ny drejning.

»Er De gift?«

Spørgsmålet fanger hende på den forkerte fod.

»Gift? Nej, jeg har ikke giftet mig.«

De ord, der efterfølgende kommer ud af min mund, overrasker mig, og bagefter har jeg Tilde mistænkt for igen at have fjernstyret mig.

»De er ellers en smuk, ung kvinde«

Et kort øjeblik står forbavselsen skrevet med store bogstaver i hendes ansigt. Derpå styrter hun sig grædende om mig. Trykker mig tæt ind til sig. Begraver hovedet i mit bryst. Jeg ved ikke hvor længe hun hulker. Det forekommer en evighed.

»Far,« hulker hun bare.

Det gør mig ondt for hende. For hendes kranke skæbne.

»Lad mig købe den grå papegøje dér« siger jeg. »Ellers får jeg aldrig ro igen. For Tilde.«

»Du skal få den, far. Det er min gave til dig.«

Jeg smiler. Går hen til buret, hvor papegøjen sidder flinkt på sin pind og drejer hovedet skævt for bedre at tage mig i øjensyn. Den er roligheden selv. Det har jeg brug for.

»Den skal hedde Allan,« siger jeg.

Jeg kan se på hende, at hun synes det er et mærkeligt navn til en papegøje, men hun tager sig i det og siger ingenting. I stedet nikker hun samtykkende. Hvis den skal hedde Allan, skal den hedde Allan.

*
TIMBUKTU
Den nat sover jeg i gæsteværelset hos Vibeke. Tilde gør sig det behageligt i fodenden af min seng. Allan har jeg fået lov at tage med op. Buret står på sengebordet.

Jeg vågner midt om natten, i værelsets buldermørke, ved at Tilde ligger og knurrer. Hurtigt får jeg tændt nattelampen. Tæt ved loftet, oppe ved det lille vindue, som jeg satte på klem for at få lidt frisk luft, dvæler der en dunkel gestalt.

Det svimler for mig.

Som i The Raven.

Men jeg tager fejl. Det er ingen ravn. Det er Timbuktu. Jeg ved ikke hvordan den har fundet mig. Men deroppe ligger den og kigger overlegent ned på mig. Min hovedmistænkte for mordet på Edgar. Som stak halen mellem benene dagen derpå.

Tilde har aldrig brudt sig om den kat.

Timbuktus blik bevæger sig bort fra mig. Hen til Allan. Han slikker sig om munden.

»Hvor mange af de kræ skal jeg gøre det af med,« siger han, »før du endelig forstår?«

Jeg nikker bare.

»Det var altså dig.«

»Ja,« siger han. »Det var mig.«

Min stemme er rolig og fattet. Mærkeligt. Egentlig burde jeg skælde ham huden fuld.

»Du gjorde det med koldt blod. Lod ham bare ligge. Så du var sikker på, jeg fandt ham.«

»Ja, lige præcis.«

»Og du fortryder det ikke?«

»Nej.«

»Du gjorde det for at såre mig. Fordi du vidste han var min bedste ven.«

Timbuktu er længe tavs. Hans blik hænger stadig ved Allan.

»Jeg måtte gøre noget,« siger han så. »Noget der vækkede dig.«

»Det er nonsens,« siger jeg.

»Jeg er en *kat*,« fortsætter Timbuktu og et kort øjeblik flakker hans blik til Tilde. »Modsat skvattet dér. Jeg er den rene vare. Jeg gør hvad der passer mig. Jeg leger med mus. Jeg slår fugle ihjel. Jeg slås. Men Edgar ondulerede jeg for *din* skyld.«

»Javel, ja,« fnyser jeg. »Du gjorde mig altså en tjeneste. Sikke en flink missekat du er.«

»Ja, jeg gjorde dig en tjeneste. Og du er vist den eneste, der ikke har forstået det.«

Nu er det forbi med min ro. Igen ser jeg det for mig. Edgar der ligger på gulvet i en rede af blod og afrevne fjer. Hovedet halvt revet af. Min stemme dirrer af raseri og hån.

»Så burde jeg vel takke dig?«

»Det burde du vel.«

Før jeg kan sige mere, kommer Timbuktu på benene og kniber sig ud af vinduets smalle sprække. Jeg springer op og lukker det. Jeg skal ikke have flere ubudne gæster.

*

TEKOPPERNE ER VÆLTET

Jeg sover uroligt. Vågner flere gang badet i sved. En drøm kommer til mig.

I drømmen sidder Esmeralda og Karen og drikker te sammen. I vores køkken på Skovgården. De griner og hygger sig. Esmeralda er den ene af mine søstre. Vi forstod hinanden godt.

Og Karen. I drømmen er Karen min kone. Som alle jo for tiden går rundt og påstår. Vi er gift. Lykkelige. Alt er som det skal være.

Jeg hører en lyd og drejer mig. I døren til stuen står Vibeke. Hun er bare omkring ti år. Hun smiler. Og det er som hun påstår. Hun er min datter. Min øjensten. Min kærlighed.

Da jeg igen vender blikket mod Esmeralda og Karen, går verden i stå. Angst og smerte har fuldstændigt forrevet Esmeraldas ansigt. Hun stirrer ufravendt på Karen, som ligger død over bordet. Tekopperne er væltet. Der ligger skår over det hele.

Jeg vågner med et ryk.

*

EN BRIK

Jeg kan ikke ryste drømmen af mig. Den forfølger mig hele næste dag som jeg tilbringer med Vibeke.

Det gør mig så ondt for Vibeke at jeg ikke længere tør fortælle sandheden. At jeg ikke er hendes far. Det ville hun aldrig overleve. Jeg har ikke sagt fra klart nok og rettidigt.

Hun viser mig et billede, som vistnok skal forestille mig og hende som lille pige og Karen. Det er godt gjort. Det ligner mig.

Jeg holder mig til min drøm. Til mareridtet.

Den er en brik jeg har fået tilbage. Et holdepunkt. Som var fortiden et gigantisk puslespil.

Og hvis man ikke passer på, sker der noget, så alle brikkerne bliver rodet godt og grundigt sammen. Eller spredt for alle vinde. Man ved ikke hvad puslespillet skulle forestille.

*

UNDERVEJS

Da vi kører ud til Skovgården i Vibekes bil, har jeg Allan siddende hos mig. På forsædet. I buret.

Jeg kan se Tilde ikke er så glad for idéen. At hun er bange for det hele skal begynde forfra.

»Tag den med ro,« siger jeg. »Det er jo bare en papegøje.«

Tildes øjne siger, det sagde du også sidste gang.

*

LÆDERMAPPEN

Til min store overraskelse træffer vi Albert derude. Han har parkeret sin Volvo i garagen, så vi ikke har plads, og må sætte Vibekes Fiat ude på gårdspladsen. Typisk Albert.

Han venter på os i køkkenet. Han ser gammel ud, syntes jeg. Og udslidt. Det er en evighed siden jeg så ham sidst. Han hilser ikke på os. Han værdiger ikke Vibeke et blik. Og jeg mærker det igen. Dybt inde. At jeg ikke bryder mig om ham.

»Jeg har været hos Marie,« siger han.

Det er det første han siger.

»Hun så skidt ud. Der er noget i vejen med hende.«

»Det er jeg ked af at høre,« siger jeg.

Albert slår afværgende ud med hånden.

»Lige meget. Det er hendes sag. Jeg er ikke hendes barnepige. Det er ikke derfor jeg kom.«

Han kniber øjnene sammen og kigger sig forskende omkring. Og jeg lægger nu selv mærke til at alt ser lidt rodet ud. Åbenbart har Albert allerede ransaget gården.

»Marie havde nogle papirer, som tilhører mig. Jeg troede i hvert fald hun havde dem. Men hun siger hun sendte dem til dig. Det tog lidt tid før jeg fik det hevet ud af hende.«

Han smiler et modbydeligt smil.

»Men til sidst sagde hun det altså.«

Det er i det øjeblik Albert får øje på lædermappen i min ene hånd. Han spærrer øjnene op. Skødesløst smider jeg den op på køkkenbordet. Lige for næsen af ham. Den indeholder virkelig alle de historier han og Marie har skrevet. Og det jeg selv har fået skrevet ned. Om mordet på Edgar og alt det der fulgte i kølvandet.

»Jeg må skuffe dig,« siger jeg. »I mappen her finder du desværre kun kedelige advokatanliggender.«

Jeg kan se, hvordan han må undertrykke sig for ikke at flå mappen op og vælte dens indhold ud på bordet.

»Javel, ja,« siger han.

»Og desværre ved jeg slet ikke hvad du taler om,« fortsætter jeg. »Jeg har ikke modtaget papirer af nogen slags fra Marie. Jeg beklager at jeg ikke kan hjælpe dig.«

Han kan se jeg lyver. Det er tydeligt. Igen falder hans blik på lædermappen. Det kribler i hans fingre. Han kan knapt holde sig tilbage. Men hans anstændighed vinder.

»Det er jeg ked af at høre,« siger han.

Et øjeblik ser han virkelig bedrøvet ud og jeg får medlidenhed med ham, og det er lige før det er mig, som åbner mappen og lader ham få de papirer, der tilsyneladende betyder så meget for ham. Men derpå fyldes hans øjne med bundløs vrede. Og min medlidenhed forsvinder op i den blå luft. Hans blik er ondt.

»Jeg sender dem naturligvis straks til dig, hvis de skulle dukke op« siger jeg forsonende.

»Ja,« siger han. »Det ville jeg sætte pris på.«

Igen kniber han øjnene sammen.

»Hvor er egentlig Karen?« spørger han så.

Det er Vibeke, som svarer.

»Hun er død. Det er mange år siden.«

Hun er kommet hen til mig. Holder fast i min arm.

»Javel, ja,« siger Albert og skæver tøvende til mig. »Det gør mig ondt.«

For første gang er det som bemærker han Vibeke.

»Og du er så Stefanie?«

Hun smiler bare. Siger ingenting. Albert ved heller ikke, hvad mere han skal finde på og sige. Fordi Vibeke smiler, smiler jeg også. Vi driver Albert ud af gården med vores smil.

*

ALDRIG MERE

Senere på dagen, da Vibeke er taget hjem, taler Allan for første gang. Jeg har lukket ham ud i stuen og han sidder på standerlampen og stirrer på mig, mens jeg sidder og læser avisen. Han lader mig forstå at han ønsker en samtale med mig. I aften. Jeg lægger avisen til side, kigger forsigtigt op. Allan ser umådeligt sammenbidt ud.

»Vi kan jo tage den samtale nu,« foreslår jeg.

»Nej,« siger Allan bare.

Jeg kan se på ham, at han er en papegøje, som ved hvad han vil. At han ikke kender til kompromisser. At han ikke er sådan én, der bare sludrer løs frit fra leveren.

Og det er som om jeg endelig forstår at Allan ikke er Edgar.

Om aftnen, efter at jeg har spist, går jeg ud i frugthaven. Det var Allans ønske at vi skulle mødes der. Jeg får straks øje på ham. Oppe i det gamle Clara Friis pæretræ.

Og jeg ser grunden til at han insisterede på samtalen om aftnen. Og herude. Fordi kattene også er inviteret med. De er mødt op alle som en. Ondskaben I Egen Høje Person, Pjevsen, Timbuktu, Let-På-Tå, Musen, Vildfang og Tilde. Et kort øjeblik vender de deres natsorte øjne mod mig. Spørgende, fulde af forundring.

Derpå taler Allan.

125

»Der er noget, jeg vil fortælle jer,« siger han. »Jer alle.«

Et lys fra gårdspladsen får hans skygge fra til at falde ned mellem os. Som et sort hul.

»Der findes minder,« fortsætter Allan.

»Minderne er et mægtigt hus, vi bebor. De er ikke til at se. De svøber sig om os som en frakke. Man kan ikke undslippe dem. Der er kun én vej. Og det er ind i dem.«

Jeg ved ikke hvorfor papegøjen sidder deroppe og docerer. Kattene er også i vildrede.

»Der findes fortvivlelse,« fortsætter Allan og holder en pause.

»Fortvivlelse er et mægtigt hus, vi bebor. Den er ikke til at se. Den svøber sig om os som en frakke. Man kan ikke undslippe den. Der er kun én vej. Og det er ind i den.«

Nu er mit blik ufravendt rettet mod Allan. Jeg balancerer på kanten af det sorte hul. Det føles som er alle kattene allerede forsvundet i dets dyb. Og der er kun os to tilbage.

»Der findes angst,« lyder det oppe fra pæretræet.

Allans øjne glinser. Han har aldrig været en papegøje. Han er en bevinget dæmon.

»Angsten er et mægtigt hus, vi bebor. Den er ikke til at se. Den svøber sig om os som en frakke. Man kan ikke undslippe den. Der er kun én vej. Og det er ind i den.«

Det føles som falder også jeg i hullet. Som skal jeg aldrig mere løftes op af det hul.

Allan flyver bort.

*

SMILET FOR ENDEN AF NATTEN

Men næste morgen kommer Vibeke forbi. Bare det at se det forsigtige smil på hendes læber, vasker aftnens begivenheder bort. De blæksorte drømme der fulgte derpå.

De papirer jeg modtog fra Marie, samt det jeg selv har tilføjet, lægger jeg i en konvolut, hvorpå jeg skriver Esmeraldas adresse. Jeg har ikke hørt fra hende i årevis.

Men der hænger det usikre smil om Vibekes mund.

Vi tager på posthuset og sender brevet. Jeg har ingen tiltro til postkasser. Jeg afleverer al min post på posthuset. Direkte. Det bør alle advokater med ambitioner gøre.

ESMERALDA AMALIE RAPSHOVED MELPOSE

*

VIPSTJÆRTE

Kære Esmeralda

Vipstjærtens øje afsøger græsplænen for regnorme, samtidig med at det holder mig fast ved det gamle æbletræ. Jeg står bomstille. Morgenen er fuld af væde og grynet tavshed. Så får vi øje på den. Den fuldfede regnorm som titter op i rosenbedet. Men ingen af os gør en bevægelse. Vi er fanget af hinandens tilstedeværelse.

Om foråret drømmer jeg om vipstjærte og blåmejser. Om sommeren drømmer jeg om gråænder og knopsvaner. Om efteråret drømmer jeg om ringduer og musvitter. Om vinteren drømmer jeg om ravne og ravne og ravNE og RAVne og RAVNE.

Vipstjærtens flugt er ikke i en lige linje. Som en bølge svirper de bort. De har en opmuntrende sang. Men synger sjældent. I hvert fald de vipstjærte jeg kender. Vipstjærte snakker aldrig med ravne. Så enkelt er det. De har intet at sige hinanden.

Engang kørte jeg 50 kilometer derud hvor kragerne vender. I mulm og mørke sneg jeg mig over marker og gennem grøfter, indtil jeg nåede Tællebark Egen. Det siges at man kan se vipstjærte i store flokke overnatte her, hvis man ellers har heldet med sig. Lydlyst, indhyllet i et brunt tæppe, kravlede jeg på alle fire langsomt hen til stammen, hvor jeg overnattede. Jeg så aldrig vipstjærtene. Om

128

morgenen var de væk. Men jeg mærkede dem. En dirrende vibration fløjlsblød i tankerne.

Vipstjærte kan tale. Men de er frygteligt generte. Det er synd. For de har så meget at fortælle.

kærlig hilsen
Birger

*
ALT DET VI HAR KÆMPET IMOD
Kære Birger

Tak for din mail. Du ved hvor meget jeg værdsætter dem.

I dag modtog jeg en tyk konvolut. Det var mærkeligt. Den indeholdt en masse historier om dyr og om dem selv som mine to brødre og min søster har skrevet. Jeg har siddet og læst dem alle. Flere gange. Det er længe siden jeg har hørt fra dem.

Efter far døde spredtes vi for alle vinde. Som var det ham, der havde holdt os sammen.

De har deres at slås med. Alle som én. Ligesom mig. For at være ærlig, jeg har ikke skænket dem en tanke de sidste år. Men nu er de her igen. Historierne har ført os sammen.

Historier iklædt en børnefabels gevandter, hvori fortælleren væver sin egen kranke skæbne ind. Nu er det min tur. Den sidste af os. Jeg har ikke noget at fortælle.

Jeg har grædt. Det har jeg.

Skriv til mig. Jeg har brug for ord, der holder mig fast. Ord som småbitte lys i mørket.

kærligst
Esmeralda

*
MENNESKET
Kære Esmeralda

Jeg forstår dit behov for at meddele dig. Jeg forstår dit ønske om beroligende ord.

Men jeg beder dig: Det strider mod vores aftale.

Skriv aldrig til mig om MENNESKET. Alt andet må du skrive. Bare ikke det. Ikke et ord om MENNESKET. Jeg ikke kan holde det ud. Jeg er færdig med MENNESKET, det ved du.

Så skriv ikke om DET.

Skriv om dyr. Sådan som vi plejer. Eller hvad du nu har lyst til.

Jeg er bekymret for dig. Oprigtigt. Du er den jeg altid syntes bedst om af De Syv Syge.

kærlig hilsen
Birger

*
DE SYV SYGE
Kære Birger

Ja, sådan var aftalen. Jeg ved det.

Det er nemt for dig at sige at jeg er den du bedst synes om. De andre har jo aldrig meldt sig. Ikke en eneste gang. Mailklubben De

Syv Syge, det er jo din betegnelse. Det er som om de andre fem slet ikke findes. Eller bare læser med. Stirrer. På os.

Labber vores ord i sig.

Tanken var jo i og for sig fin nok. Terapi gennem mails. Uden terapeut. Den kunne jeg godt lide. Hatten af for vovemodet fra Doktor Becks Stiftelsen og Agnete Hjemmet. De tiltror os mere end vi selv gør. Jeg har lært dig at kende. Det er jeg taknemlig for. Så kan de fem andre zombier, undskyld udtrykket, glo så meget de vil.

Der var engang en rødkælk, som modtog et tykt brev. Brevet var fuldt af ord fra fortiden. Og de vækkede alt det til live, som rødkælken troede at den havde lagt bag sig. Bagefter var rødkælken ikke til at kende igen. Den sad bare på en gren og stirrede ud i luften. Den fløj ikke. Den sang ikke. Den tog ikke mad til sig. Drak ikke.

Den sad bare der. Det røde bryst. To små sorte øjne. Kløerne klamret om birketræets kvist.

Er det sådan du vil have det, Birger?

kærligst
Esmeralda

*
LIVSPIP
Kære Esmeralda

På Fejø voksede et kuld svaleunger op. De var alle nogle sølle stakler. De kom for tidligt ud af ægget. Reden var for trang. De sultede. Deres forældre var ligeglade med dem. Ungerne havde en forfærdelig barndom. Men det var ikke det eneste. Slet ikke. De var også arveligt belastede. Deres forældre var ikke ved deres fulde fem. Som de voksede til, gik det ikke bedre. De blev kanøflet. Af svaler, af solsorte. Af alle. Lige meget hvor de fløj hen, lå der en kat på lur. De var nogle sørgelige krabater.

De var Syv Syge. Fem af dem forsvandt. Måske døde de. Måske gemte de sig bare. Ingen ved det. Men fem forsvandt. To var tilbage. Af og til pippede de til hinanden.

Det var livspip.

Uden livspip havde de ikke klaret det.

kærlig hilsen
Birger

*

JA
Kære Birger

På Askø boede to drosler oppe i kirkens klokketårn. Når klokken ringede om morgen stod de op og når den ringede om aftnen gik de i seng. Når der var gudstjeneste sang de med på salmerne. Om søndagen arbejdede de aldrig, men kiggede bare ud mod Østerhoved eller over mod Lilleø. De kiggede på havet og var lykkelige.

De havde hørt din historie om De Syv Syge svaler.

»Sådan noget var aldrig sket på Askø,« sagde den ene svale.

»Det har du ret i,« sagde den anden svale.

»Her er vi flinke ved hinanden. Alle sammen. Mennesker, fugle, hunde, heste, køer, høns, fluer,« sagde den første svale.

»Og myg,« sagde den anden.

»Og myg. Og alle de andre. For eksempel muldvarpe.«

»Og for eksempel mariehøns.«

»Og for eksempel tanglopper.«

»Ja.«

»Ja.«

Og sådan blev de ved med at sige »ja« et godt stykke tid. Det kunne de nemlig godt lide. At sidde og sige ja til hinanden. Og være enige om alt mellem himmel og jord.

Nu forholdt det sig sådan at den tårnfalk, som af og til har sin rede i det ene af de tilskoddede vinduer, som aldrig bliver åbnet, i kirketårnet, tilfældigvis havde hørt dem.

»Den historie har jeg også hørt,« sagde den.

»Ja,« sagde den første svale.

»Ja,« sagde den anden svale.

»Men jeg har også hørt,« forsatte tårnfalken, »at det i virkeligheden ikke var svaler, som det gik så ilde. Men derimod mårer. Og de var slet ikke brødre og søstre som historien egentlig fortalte. Og de to af de syv syge mårer, som havde fortalt historien skammede sig frygteligt og det gjorde så ondt på dem, når de tænkte på alt det, de havde været igennem, at de sagde det egentlig handlede om svaler. For at ingen skulle vide at det var dem og komme efter dem. Vidste I det?«

»Ja,« sagde den første svale bare.

»Ja,« sagde den anden svale bare.

133

Og det var faktisk løgn, for det vidste de ikke. Men sådan var de, at de sagde ja, selv om de egentlig burde sige nej. Nej var sådan et frygteligt ord. Det sagde de aldrig.

»Historien er det følte liv omskrevet allegorisk,« fortsatte tårnfalken. »Af en alvidende fortæller, der spiller fjolsets rolle. Fordi han ikke ved hvad andet at gøre. Det er voksenlivets uhyggelige skærmydsler iklædt børnefortællingens varme frakke. Det er ulivet, som æder en tilværelse op. Det er døden som fortærer livet. Det er kompensation fra én som må kompensere alt. Det er skyggefabler.«

»Ja,« sagde den første svale

»Ja,« sagde den anden svale.

»Ja,« gentog den første svale.

»Ja,« gentog den anden svale.

Og de tiede tårnfalkens ord ihjel med deres bejaen. Det var det eneste, der hjalp, når den begyndte at vrøvle. JA er den bedste måde at kvæle ethvert tilløb til vrøvl.

»Ja.« »Ja.« »Ja.« »Ja.« »Ja.« »Ja.« »Ja.« »Ja.« »Ja.« »Ja.« »Ja.« »Ja.«
»Ja.« »Ja.« »Ja.« »Ja.« »Ja.« »Ja.« »Ja.« »Ja.« »Ja.« »Ja.« »Ja.« »Ja.«
»Ja.« »Ja.« »Ja.« »Ja.« »Ja.« »Ja.« »Ja.« »Ja.« »Ja.« »Ja.« »Ja.« »Ja.«
»Ja.« »Ja.« »Ja.« »Ja.« »Ja.« »Ja.« »Ja.« »Ja.« »Ja.« »Ja.« »Ja.« »Ja.«
»Ja.« »Ja.« »Ja.« »Ja.« »Ja.« »Ja.« »Ja.« »Ja.« »Ja.« »Ja.« »Ja.« »Ja.«

kærligst
Esmeralda

*

TO BOGFINKER
Kære Birger

På Fejø boede der engang to bogfinker. De holdt til i nærheden af Dybvig Havn, hvor der stod et par gamle bøge. Der havde deres familie boet siden mands minde.

At de var små var der ikke noget usædvanligt i. Det er de fleste bogfinker. Hvad værre var at de også var små indeni. De var nemlig smålige. Sådan var det ikke altid. Til at begynde med var de storladne. At de siden blev små og smålige var ikke deres egen skyld. Slet ikke.

De blev gjort små.

Det skyldtes at der ved Dybvig Havn holdt tre utysker af nogle ordentlige krager til, som lød navnene DEN VESTLIGE MODERNITET, SAMFUNDET og REGERINGEN MED SAMT FOLKETINGET. Dybvig Havn tilhørte dem. Og det var deres største fornøjelse at presse hvad der tog sig stort og storladent ud sammen. Det var de rigtig gode til. De var eksperter.

Det måtte de to bogfinker også sande.

Engang sad de og småkvidrede og snakkede sammen sådan som bogfinker nu gør.

»Det er fint sagt,« sagde den ene bogfinke. »Det med at JEGet tilhører en anden.«

»Det var Arthur, ikke?« sagde den anden bogfinke.

»Jo,« sagde den første.

»Men,« indvendte den anden, »mente han mon EN anden eller DEN anden?«

»Det er et godt spørgsmål,« sagde den første. »Og jeg synes det er rigtigt fint du spørger. For det meste ligger opmærksomheden jo på det famøse JEG og ikke på En Anden eller Den Anden, som du så rigtigt hentyder til. Jeg ved ikke hvilken fortolkning Arthur selv ville foretrække. Men jeg hælder så sandelig til Den Anden.«

»Det gør jeg også.«

»Jeg tænkte lidt på om vi kunne snakke om, hvad der ville ske, hvis man også i den sammenhæng inddrog Den Tredje. Hvad siger du til det? Skal vi snakke om det?«

»Det kan vi godt. Og hvorfor ikke også Den Fjerde.«

I det øjeblik kom DEN VESTLIGE MODERNITET flyvende. Fulgt af SAMFUNDET og REGERINGEN MED SAMT FOLKETINGET.

Og DEN VESTLIGE MODERNITET baskede så hårdt med sine store vinger til de to bogfinker at de styrtede til jorden. Dér samlede SAMFUNDET dem op med næbbet og bed hårdt til, inden REGERINGEN MED SAMT FOLKETINGET kom til og pillede fjer for fjer af dem.

Og DEN VESTLIGE MODERNITET skreg hæst af dem.

Og SAMFUNDET pustede sig op i al sin frygtelige vælde.

Og REGERINGEN MED SAMT FOLKETINGET satte kløerne i dem.

Da var det forbi med alt det storladne i de to bogfinker.

kærlig hilsen
Birger

*

KRAGER
Kære Birger

Der var engang en musvit.

Den følte sig overvåget af krager. Ja, fjernstyret af krager. Overformynderiet bestod af krager. Det var dem, der trak i trådene. Selv når der ingen krager var i miles omkreds, så den krager. Og hørte dem. Lige meget hvor den fløj hen, stank det af dem. Af kragerne.

Krager, kraGER, KRAGER!

Alt hvad den gjorde, havde på den ene eller anden måde med krager at gøre. Alt hvad den tænkte, handlede om krager. De var over det hele, selv der hvor de ikke var.

Ja, besynderligt nok, var det som flagrede kragerne den især om ørerne, når der ingen var i nærheden. Især skræppede de op, når der ingen var at høre. Den stakkels musvit forsøgte at gøre de andre musvitter dette mærkværdige fænomen begribeligt, men det var som *nægtede* de at forstå. Og musvitten fik desværre det indtryk at (andre) musvitter generelt har vanskeligt ved at forstå mærkværdige fænomener. Det er synd at det er sådan.

De andre musvitter kaldte den kragevitten.

kærligst
Esmeralda

*

STÆRE

Kære Esmeralda

1

Der var engang en stær

Den fandtes intetsteds. Den eksisterede kun som tidsligt fænomen. Og det er ikke godt, hvis man er stær.

Men heller ikke i tiden følte den sig hjemme. Altid sneg følelsen sig ind at den tilhørte en anden tid. Den var gammel med de unge. Ung med de gamle. Voksen med børnene. Barn med de voksne. Som havde den forputtet sig i en forkert tidslomme.

Så er man ensom.

Når man er blevet forputtet. Tidsligt.

2

Der findes stære som livet langt leder efter den gyldne nøgle til det almindelige liv.

Der findes stære som finder den gyldne nøgle, selv om de slet ikke har ledt efter den. Og de ved ikke hvad de skal stille op med hverken den eller det almindelige liv.

Der findes stære som tilraner sig den gyldne nøgle og har den liggende i deres rede som en kostbar skat. Det almindelige liv rager dem en døjt. Kun nøglen er de interesseret i, gylden og forlokkende.

Der findes stære som ikke kan vente på at finde nøglen til det almindelige liv. Med næbbet tvinger de det op. De skal ind i det koste hvad det vil. Og de færdes i det almindelige liv med molestrerede næb, hvorfra der kun udgår forvredne pip.

Der findes INGEN stære, som er ligeglade med den gyldne nøgle og det almindelige liv. INGEN!

3

Der findes et punkt stære ofte misforstår. Eller de er forvirrede desangående.

Så jeg vil gerne skabe klarhed.

Visse stære vil gerne flyve til verdens ende. Det kan der være forskellige grunde til. Det er ikke mit anliggende her. For min skyld kan stære flyve hvorhen de vil. Men de tror verdens ende er et sted. Sådan er det ikke. Verdens ende er et tidsligt fænomen. Og kun et tidsligt.

Ligesom verdens begyndelse er et tidsligt fænomen og kun et tidsligt. Jeg har aldrig hørt om stære der vil flyve til verdens begyndelse. Begyndelsen er dem ligegyldig. Åbenbart.

De vil flyve ind i en anden tid, og de ved det ikke.

Det er synd.

4

Der var engang en stær som var ualmindeligt almindelig. Hos stære ser man det sjældent. Der var også engang en stær som var almindeligt ualmindelig. Af den grund fik den en masse opmærksomhed, hvad den ikke brød sig om. Stære er ofte sky.

Men engang var der en stær som søgte rampelyset. Det var ikke lige populært hos alle. Men det gik den godt. Den følte sig hjemme i rampelyset. Den var lykkelig.

Stort set alle stære beskæftiger sig med det almindelige liv. På en eller anden måde.

5

Der var engang en stær som forsvandt ind i sig selv.

Det gør stære hvis de har et guldkammer indeni. Og det havde stæren. Ikke nok med det. I guldkammeret stod en kiste af det pureste guld. Og i guldkisten lå en gylden nøgle. Det vidste stæren, selv om den aldrig havde set nøglen. Det var nøglen til kisten, for den var låst.

Evig og altid måtte stæren forsvinde ind i sig selv for at grunde over dette. Og den vidste at den selv var den anden nøgle, hvormed guldkisten i sin tid blev låst. At det var den, som havde låst nøglen ind. Og den vidste at den tid var forbi, hvor den var en nøgle.

Med sig selv formåede den intet mere at åbne. Omkring den låste alt sig væk. Sådan går det tit for stære.

6

Der var engang en stær, der boede i Det-der-findes, og var dybt ulykkelig.

Heldigvis kom Den Sære Vandringsmand forbi og tilbød stæren den gyldne nøgle til Det-der-ikke-findes, hvis den gav ham dens sjæl.

Stære bryder sig ikke meget om deres sjæle, så den gik straks med på handlen. Fra da af levede den sjælløst i Det-der-ikke-findes. Og den havde aldrig været så lykkelig.

7

Der var engang en stær, der havde et guldkammer indeni, som den forsvandt ind i. Ikke den samme som før. En anden. I guldkammeret var der tusind guldskrin, og i hvert skrin var nøglen til det næste skrin.

Så stæren åbnede møjsommeligt skrin efter skrin. Sådan gik dens liv hen. Lige til den blev gammel og endelig nåede frem til det allersidste skrin.

Men i det var der blot endnu en gylden nøgle, som ikke passede nogen steder hen.

Det var mere end stæren kunne bære. Den svor aldrig mere at sætte sin fod i guldkammeret.

Og som olding forsvandt den ud. I det almindelige liv.

8
En snakkesalig stær fortalte mig dette.

Den Sære Vandringsmand griner det almindelige liv lige op i ansigtet og lader hånt om det.

Den Sære Vandringsmand går durk gennem det almindelige liv uden at kigge til højre og venstre.

Det almindelige liv tragter efter Den Sære Vandringsmands gunst, men han ser lige gennem det. Det kaster sig på knæ for ham. Det rager ham en døjt.

Det almindelige liv spærrer ham vejen. Det kommer til håndgemæng. Men Det almindelige liv er ikke Den Sære Vandringsmand voksen. Han giver det både blodtud og blåt øje. Spytter på det.

Den Sære Vandringsmand fortsætter sin færd og lader det almindelige liv tilbage, forslået og ydmyget. Han vandrer alene.

9

Der var engang en stær, som var forstoppet. Det var Den Sære Vandringsmands skyld. Den var fløjet over hans vej alt som han krydsede det almindelige liv. Det gør man ikke ustraffet.

Stæren var fyldt op med lort indeni. Alt lortet sad fast derinde. Den prøvede virkelig at presse det ud. Men nej.

Engang kunne den sprede vingerne ud og flyve som en fri fugl. Den tid var nu forbi. Alt lortet indeni tyngede den ned. Den vraltede gennem livet, klodset og tung. Alle så skævt til den. Den så herrens ud.

Til sidst ville den bare ét. Ud af det almindelige liv. Og finde et sted i det hinsides, hvor den endelig kunne skide.

Den havde så meget indeni, den ikke kunne slippe af med. Så meget, der SKULLE ud, men ikke KUNNE ud. Den forbandede Den Sære Vandringsmand. Ønskede ham ad Pommern til.

10

Når Den Sære Vandringsmand laver sin kaninragout tilsætter han en sjæl fra en stær.

Når han tilbereder sin grøntsagssuppe, kommer han en sjæl fra en stær i det kogende vand.

Når han drikker sin urtete, er urterne altid blandet op med mindst ti sjæle fra stære. Det er en stærk drik med så mange stæresjæle. Men han kan lide det sådan.

Lige meget hvad han spiser eller drikker, blander han stæresjæle i. Han har en svaghed for dem. Noget uden sjæl, er ikke noget for ham. Han er afhængig af sjæle.

Nu forstår du nok bedre.

11
Der var engang en halv stær.

Alt ved den var halvt. Den spiste halvt, den drak halvt. Den sang halvt, den fløj halvt. Alt hvad den gjorde, gjorde den halvt. Når den gav sig hen i livet, gjorde den det halvt. Når den drømte, gjorde den det halvt. Når den tænkte var det halve tanker. Når den talte var det halve ord. Når den var angst var det halv angst.

Den brød sig ikke om HELE stære.

Men selv denne foragt, var en halv foragt.

Så mødte den en halv stær. Én der var ligesom den. To halve stære giver en hel stær. Men den foragtede jo de hele stære af hele sit halve hjerte. Og det gjorde den anden halve stær for øvrigt også. Men de forstod hinanden. Og det var en HEL forståelse.

kærlig hilsen
Birger

*
SPØRGSMÅL
Kære Esmeralda

Kender du Det Lille Menneske?

kærlig hilsen
Birger

*

SVAR
Kære Birger

Ja.

kærligst
Esmeralda

*

DENGANG
Kære Birger

Støvregn på min regnfrakke. Sjokkende gennem vandpytter. Et uldent ravneskrig. En nat af væde. Baskende vinger. Der flyver noget gennem mig. Jeg standser. Et ravneøje. Jeg kigger mig over skulderen. Dér står Dengang. Uvilkårligt går jeg videre. Men selv om jeg ikke kan høre det mindste, ved jeg det. Dengang følger mig.

Så jeg gør front mod ham. Igen.

»Gå din vej.«

Dengang er lige bag mig. Han lægger en hånd på min skulder. Vel en slags forsonende gestus. Men hans greb er jernhårdt. I hans stemme lurer det gamle had. Han forstår at pakke det fløjlsblødt ind. Som altid. At fylde hule ord ud, at iklæde det forlorne sandhedens gevandter. Det mere end noget andet, kalder alt tilbage.

»Esmeralda, jeg er din ven.«

»Nej.«

»Du kan ikke undsige dig din fortid, Esmeralda.«

144

»Jo.«

»Uden mig er du intet. Jeg er også dig, det ved du.«

Men jeg støder Dengang hårdt fra mig, så han dratter om. Jeg er ude af mig selv. Jeg sparker til ham. Råber. Forbander ham. Noget i ham går i stykker. Sådan lyder det.

Derpå flygter jeg. Over hals og hoved. Jeg løber væk. Jeg vil vågne. Ud af drømmen. I det uendelige flygter jeg. Omkring mig Det Uvirkelige, som jeg desværre bebor.

Der er noget, jeg må fortælle dig. Om Dengang. Men bare rolig, jeg gør det på din måde. Med en tryllefinke. JEGet tilhører ikke længere mig. Tryllefinken har taget det. Der er et DU, det er ikke dig. Det vil du forstå. Jeg kan ikke unddrage mig den henvendelse.

kærligst
Esmeralda

*
SÅ SIG DET
Kære Esmeralda

Lad mig sige det med det samme. Jeg bryder mig ikke om Dengang. Men hvad har det at sige. Som om jeg bryder mig mere om Nu. Som om jeg bryder mig mere om Det Kommende.

Men hvis du skal sige det, så sig det.

kærlig hilsen
Birger

*

TRYLLEFINKEN
Kære Birger

1
Det korte af det lange. Vi lærte hinanden at kende. Vi blev gift. Vi gled fra hinanden. Vi blev skilt.

Kogt ned til essensen. Jeg fik to ting fra ham. Sorg og glæde.

Jeg er et ordentligt menneske.

Først tog jeg sorgen og gav den kogevask. Bagefter var den skinnende ren. Jeg hængte den til tørre. Ude i haven. I en herlig efterårsformiddags bløde lys. Til alles beskuelse. Derpå strøg jeg den og lagde den fint sammen. Jeg lagde den bagved i skabet. Bag sokkerne.

Så gav jeg glæden skånevask. Jeg kom den efterfølgende i tørretumbleren. Min glæde stiller jeg ikke alle til skue. End ikke på tørresnoren. Jeg strøg den også, men det var mere for ordens skyld. Jeg har lagt den ned i kælderen. Til vintertøjet.

Bagefter havde jeg det bedre.

2
Han talte altid om den. Den gjorde ham til noget særligt. Det var gennem den, jeg blev opmærksom på ham. Jeg så den selvfølgelig med egne øje, og jeg må ærligt indrømme, det var mere den jeg så på end ham. Den var vaskeægte, forsikrede han. Intet humbug. Den tilhørte ham. Han tilhørte den. Som i et eventyr.

Tryllefinken.

3
En mand. En kvinde. En tryllefinke.

Sådan er det i mange forhold. De fleste vil jeg tro.

4
Hver gang jeg ville tale med DIG, skulle du noget med tryllefinken.

Den skulle fodres. Den havde feber. I skulle ud og lufte vingerne. Den ville vise dig noget. Den skulle have klippet sine kløer. Pudset fjerene. Kløes på maven. I skulle i biografen. I teatret. På bar. I havde en aftale med nogen. Der var altid noget i skulle.

Du og din forbandede tryllefinke

5
Dit smil afvæbnede mig. Når du lo, faldt alt på plads. Når du talte til mig, var alt godt. Du rørte mig, kun mig. Jeg var alt i dit liv. Uden mig ville du falde fra hinanden.

6
Når jeg ville kærtegne dig, var det tryllefinken jeg kærtegnede. Når jeg ville snakke med dig, snakkede den. Når det var dig, jeg havde brug for, kom tryllefinken.

Vi misforstod altid hinanden. Alle tre.

7
Det barn jeg aldrig fik, døde i mig.

Helt alene. I en ensomhed så dyb at du slet ikke kan forestille dig det. Bare sådan.

8
Tryllefinken skulle gøre dit og dat for dig. Du kommanderede den rundt. Du råbte ud og var decideret ond. Jeg lærte dig at kende fra en side jeg aldrig havde set før.

Men alligevel var jeg ikke et øjeblik i tvivl.

Det var tryllefinken, der beherskede dig.

9
Så udså tryllefinken sig mig.

Min forelskelse. Skinnende smuk som en elverpige. Og den bøjede forelskelsen og forvred den og krattede i den med næbet og åd den og bed den i stykker og ødelagde den.

Du lod det ske. Jeg lod det ske.

10
Tryllefinker bor jo egentligt i prægtige tryllestlotte med tusind sale og tusind kamre.

Og hvis en prins finder tryllestlottet, må han gå fra kammer til kammer og altid hører han tryllefinkens sang fra det tilstødende kammer, som først bliver åbnet efter en evighed. Når han betræder det, er tryllefinken allerede flygtet til det næste kammer, hvortil han først får adgang efter en ny evighed. Først efter tusind evigheder når han tryllefinken.

Jeg ser på dig. Du ligger og slænger dig på sofaen. Med chips og sodavand. Du ligner ikke sådan en prins. Men hvad ved jeg. Du kan være ret tålmodig. Og er god til at dovne og slå tid ihjel. Så måske gik det virkelig sådan til. At du slog tusind evigheder ihjel.

Og vandt tryllefinken.

11
Vi gik i parterapi.

På mit forslag. Du indvilligede surmulende. Jeg troede det kunne gøre en forandring.

Jeg vil aldrig glemme parterapeutens smil, da du tørrede dit surmuleri væk og begyndte at underholde hende med tryllefinken. Du tog hende med storm. Du vandt hende. Og I rottede jer sammen. Mod mig. I var et fantastisk par i to. Du brugte hende jo bare. Hun var et simpelt, men effektivt værktøj i dine hænder. Til at knuse mig.

Det var dig. Og hende. Og tryllefinken.

I ødelagde mig. Parterapien blev min undergang.

12
Engang var jeg smuk. Der var noget sart over mig. Jeg svævede gennem verdnen. Uhåndgribelig. Fjern.

Derpå kom sygdommen. Den borede hul i alt det elveragtige, uhåndgribelige og fjerne. Og fyldte det op med en hæslig, ildelugtende blanding af betændelse og bly. Jeg stank af fortvivlelse.

Sygdom kan ændre dig fuldstændigt, så der intet er tilbage at den du var. Før havde man iagttaget mig begærligt. Nu så man på mig med blikke fulde af væmmelse. Eller slet ikke.

Mere og mere slet ikke.

13

En allike sagde det.

Hvis der er én, der kigger på mig, må jeg også kigge på mig selv. Hvis der ikke er én, der kigger på mig, må jeg kigge endnu mere på mig selv.

Sådan var det med sygdommen. Den fjernede alle øjne fra mig. Undtagen mine egne. Og de stirrede ufravendt på mig. Når jeg var vågen, når jeg sov. Uden at blinke.

14

Jeg stod på banegården. Situationen var forvrænget drømmeagtig og ubehagelig. Men det var virkeligheden. Noget skubbede til mig. Hårdt og insisterende.

Det skubbede mig ind i et tog. Hvor det kørte hen, ved jeg ikke. Det skubbede mig ind i en bus. Ved endestationen blev jeg skubbet ud igen. Jeg blev drevet fremad, ud af en grim og tom landsby. Ad plørede jordveje, forbi marker, der lå sovende hen. Ud til en stenet kyst, hvor tangen lå fuldfed som en ildelugtende dyne.

Jeg troede jeg ville blive skubbet ud i det efterårskolde vand. Men jeg tog fejl. Det som skubbede mig, gav slip. Jeg skulle ikke dø. Sådan var det ikke bestemt. Jeg skulle leve.

Men dette noget iagttog mig. Afventende. Det var meningen jeg skulle bryde sammen. Fint sådan.

For at tilfredsstille den kraft, som havde ført mig herhen, gjorde jeg det. Ikke at det skulle være omsonst. Det var et flot sammenbrud. For fulde gardiner. Det kan jeg huske. At jeg var stolt.

Derpå blev alt sort.

15

Jeg trak tangen over mig som en dyne.

Da jeg vågnede lå jeg i en hospitalsseng. Jeg lukkede øjnene for at holde fast i drømmen. Omsonst.

Mennesker dukkede op. De talte. Hospitalspersonale, far, mor, Annette, dig og tryllefinken.

Og tryllefinken grinede. Et stort grin, som fortalte at den var godt tilfreds med situationen. Grinet var det største jeg nogensinde havde set. Det fyldte hele hospitalsstuen.

16

Fortrylletogindsvøbtidagenmenbareeteventyrderforiagttagelseafse lvetogdigindeniudenatglemmetangsomendyneogparterapisamtett værsnitafnattenogderpåtryllefinkemenikkerigtigtforelsketforførste gangetflotsammenbrud

Det var mit første ord.

Sygeplejersken stirrede bare uforstående på mig. Forsigtigt bad hun mig gentage det.

Jeg gentog ordet.

Hun gik baglæns ud af døren. Jeg tilhørte nu dem, man ikke vendte ryggen. Ordet havde omplaceret mig.

Hun kom tilbage med overlægen. Min værste forestilling om en overlæge. I hans ene hånd, halvt skjult, fik jeg øje på diktafonen. Han gjorde sig end ikke umage med at gemme den rigtigt. Tydeligvis havde jeg kun hans opmærksomhed som objekt for hans kompetencer.

Mit ord interesserede ham.

Han ville gerne protokollere det. Så han bad mig høfligt om at gentage det. Hvis jeg ville være så venlig.

17

Jeg tog min jakke frem fra skabet, hvor de havde lagt det tøj jeg havde på under sammenbruddet. Jeg havde hængt den op. Jeg lå i sengen og gloede på den. Fra morgen til aften.

»Gå din vej,« sagde jeg til dem alle.

Ja, jeg var begyndt at tale. De var glade. Der var fremgang at spore.

Og de gik deres vej. Alle sammen. Mor og far, Anette, du, sygeplejersken, overlægen.

Jakken havde altid været det vigtigste klædningsstykke for mig.

Mellem mig og omverdnen var jakken. Den beskyttede mig. Mod kulde, mod regn og rusk, mod indbildthed. Den var mit panser overfor afstumpethed og magtmisbrug. Jeg havde tit jakke på.

Også indenfor.

18

På foranledning af kommunen blev jeg overført til klinikken. På klinikken var de meget venlige og smilende og de vidste præcist, hvordan de skulle takle sådan en som mig. Jeg fik lov at være meget for mig selv. Det var der vi mødes. Vi, De Syv Syge.

Annette opgav mig. Hun blev ved med at komme, men jeg kunne se at hun havde opgivet mig. Først gjorde hun sig umage for at skjule det. Senere var hun bare ligeglad, gad ikke lægge slør over det mere. At jeg ikke tilhørte hendes verden.

Du kom ikke.

19

Al min ulykke kommer af at jeg ikke kan glemme. Hvem kan bebrejde mig det? Fra barnsben af bliver man lært op i at huske. Hukommelsen åbner alle døre på vid gab.

Og nu vil jeg bare glemme.

20

Engang da jeg havde lukket vinduet op for at få noget frisk luft og sad og kiggede ud, satte en fugl sig foran mig. På vindueskarmen. Jeg stirrede på den. Det var tryllefinken.

»Jeg er kommet for at besvare dine spørgsmål,« sagde tryllefinken. »Ethvert tænkeligt spørgsmål.«

Jeg sagde ikke noget.

»Skyd løs,« sagde tryllefinken.

Men jeg sagde ingenting.

»Godt,« fortsatte tryllefinken og så godt tilfreds ud med situationen, »så gør vi det simpelthen sådan at jeg besvarer de spørgsmål, som jeg kan forestille mig at du har.«

Og derpå begyndte den med de replikker som de sikkert havde indstuderet sammen.

»Han er lykkelig med en anden.«

»Han har glemt dig.«

»Du var bare et kedeligt eventyr uden happy end.«

»Det lykkedes dig aldrig rigtigt at gøre indtryk på ham.«

»Jeg ved, jeg har sagt han har glemt dig. Det er også rigtigt. Men nogle gange kommer vi i tanke om dig. Så må vi straks grine. Over hvor sølle og ubehjælpelig du er. Når vi så har grinet færdig, glemmer vi dig straks igen. Du er meget nem at glemme.«

»Vi er ligeglade med at du er havnet her. Fra begyndelse af var vi rørende enige om at være ligeglade.«

»Hvad var det hun hed, hende der, du ved nok, sagde han så engang. Hvem mener du, spurgte jeg. Hende der, du ved nok, sagde han. Mener du den lille stakkel, spurgte jeg. Ja, lige præcis. Hende. Hun hed vist Rapshoved Melpose, sagde jeg. Men hun havde også et fornavn, ikke? Det kan jeg ikke mindes, sagde jeg. Han tænkte sig længe om. Nej, det havde hun vist alligevel ikke, sagde han. Sådan kan man tage fejl.«

»Vi ønsker dig ikke god bedring. Beklager.«

21

Hele smøren lod mig kold. Undtagen lige det sidste. Det med god bedring. Det var der heller ingen andre, der havde ønsket mig. Det gør man nok kun, når det er selve kroppen, der er noget galt med. Hvis man brækker benet, har feber, har hovedpine.

Men jeg var jo vanvittig.

Det er noget andet. Hov, vent lidt. Det passer ikke. Annette ønskede mig god bedring, den første gang hun besøgte mig på hospitalet. Jeg så hvordan hun straks greb sig i det. Klappede munden i. Hendes ansigt stivnede. Hun blev ligbleg.

»God bedring,« siger jeg til Annette hver gang hun kigger forbi. Ikke fordi hun fejler noget. Straks stivner hun. Og klapper i som en østers. Også personalet ønsker jeg god bedring. Men de er vist vant til at patienter ønsker dem god bedring. Der er intet, der kan komme bag på dem.

22

Den følgende dag, det var sidst på eftermiddagen, i et herrens vejr af regn og rusk, hvor skyerne hang så lavt at de nærmest kravlede om på jorden og knuste ethvert tilløb til solstrejf, vendte tryllefinken tilbage.

Der var noget, den havde glemt at sige.

»Du er en grå og frygtelig kvinde,« sagde den.

Hvorpå den fløj væk.

23

Resten af historien kender du.

Du er selv en del af den. Opholdet på klinikken. Det var her vi mødtes. Du og jeg. Bjarne, Therese, Lis, Nicky og Lone. De Syv Syge. Derpå udsondringen. Én for én blev vi sendt tilbage. Til livet. Hvad enten vi ville eller ej. Vi havde faktisk ikke særlig lyst.

Og vi udvekslede mailadresser.

Vi svor at yde hver vores bidrag til et værk Om Sygen. Sådan skulle det hedde. Og nedenunder skulle stå »af De Syv Syge.« Vi ville stå sammen. I tykt og tyndt. Ligesom de syv samuraier.

Men det er kun os to som skriver, dig og mig.

Og det fine ved syv, havde været de syv tilgange til sygen, de syv synspunkter på den, de syv fortolkninger, de syv måder hvorpå den udfoldede sig. Syv, tallet syv. Ikke to.

*

VALRAVNEN
Kære Esmeralda

Du har aldrig fortalt mig om tryllefinken før. Netop derfor forstår jeg hvor svært det må være for dig. Jeg føler mig beæret af din ærlighed. Ærlighed er en stor gave.

Og tryllefinken, flyver den stadig? (som min gode bekendte og følgesvend valravnen)

Alt fløj vilden Valravn
Hen over de høje Mure
Da stod den stollen Ermelin
Saa sørgende i hendes Bure

Og lad mig tilføje i parentes, fordi det egentlig slet ikke er nødvendigt at tilføje, fordi det egentlig er en selvfølge, fordi vi VED det.

(Den skal have den onde Lykke
Den gode kan ikke faa)

Jeg har vinger sorte som blæk. Gemt godt væk under tøjet. Men jeg har taget på. Mine vinger kan ikke længere bære mig. På grund af mit umådelige forbrug af kager og medicin.

Kærlig hilsen,
Birger

*

JEG ER DØD
Hej Esmeralda og Birger

Det er mig, Bjarne.

Jeg er død. Det er derfor jeg ikke har skrevet. Døde er ikke i stand til at skrive. Det forstå I nok.

Venligst,
Bjarne

*

UNDER SÅDANNE OMSTÆNDIGHEDER
Kære Bjarne

Jeg blev meget glad for at høre fra dig, men desværre hurtig trist igen. Det gør mig virkelig ondt. Det med din død.

Jeg forstår godt at det under sådanne omstændigheder er svært at skrive.

Kærligst
Esmeralda

*

PÅ AFSTAND
Kære alle

Undskyld, jeg ikke har skrevet. Bjarne, jeg er også frygtelig ked af at høre at du er død.

Hvad mig selv angår, er jeg På Afstand. Måske er det nogenlunde det samme. Men jeg skal ikke gøre mig klog på ting jeg ikke forstår. Jeg vil ikke foregøgle at jeg har været død.

Når man er På Afstand, er der et metertykt tæppe over V e r d n e n. Undskyld at jeg skriver det sådan. Men det er sådan jeg siger det. V e r d n e n. Jeg staver mig gennem ordet. Jeg bryder mig ikke om at udtale det. Det giver en grim, bitter eftersmag.

Jeg er På Afstand af alt og alle.

Det der er tilbage af mig, har jeg fyldt op med Adspredelse & Opmuntring. Det kan jeg anbefale. At vende blikket bort fra v e r d n e n og fylde sig med Adspredelse & Opmuntring.

Kys,
Lis

*
GODE RÅD
Hejsa I Syv Syge

Det går jer ikke så godt, kan jeg forstå. Synd. Jeg har bikset nogle gode råd sammen. Begynd ved begyndelsen. Hvis det ikke hjælper, gå videre. Kig aldrig tilbage.

Har I prøvet at spise. Jeg mener, virkelig SPISE. Prøv det. Det lyder fjollet, men virker. Jeg kan anbefale det.

Prøv at ryge og drikke. Det gør godt. Jo mere, jo bedre. Der er mange, der gør det sådan, hvilket vidner om kvaliteten af dette råd. Cigarer er genistreger. Snaps er asiatisk i sin vælde.

Dyrk motion fanatisk.

Eller bliv sund. Grøn. Frelst. Gør kun det rigtige. Vær godtgørende. Gå til demonstrationer. Bliv politisk aktiv. Dyrk en demagogisk leder. Lev for en sag. For andre. Glem dig selv.

Og hvis alt andet slår fejl:

En DVD-aften kan udrette mirakler. Der findes intet bedre, tro mig. En aften i selskab med udsøgte film. Dertil selvfølgelig sodavand, chips og slik. En film er sjældent nok, så snupper man én til, og hvis det heller ikke rækker, endnu én. Og endnu én. Og endnu én. Og endnu én. Og endnu én. Og endnu én. Og endnu én. Og endnu én.

Indtil det ønskede resultat indfinder sig. Tilfredsheden. Adgangen til det almindelige liv. At en DVD-aften kan strække sig over flere uger, er ikke usædvanligt.

Hyg jer,
Therese

*
SHINE YOUR LIGHT
Kære alle

Mig går det faktisk godt.

Sygdommen har jeg lagt bag mig. Endegyldigt. Jeg har næsten dårlig samvittighed ved at stå frem og bekende det. Lykke er ofte ilde hørt. Ulykken er så meget mere interessant.

Jeg er en solstrålehistorie.

Jeg er gift, har børn, bil, hus, hund. Jeg har venner, er aktiv og vellidt. Mit lys skinner. Jeg er veltrænet, dyrker sport. Jeg sætter en ære i at fremtrylle en overdådigt måltid mad. Jeg forstår mig på vin. Jeg er ellevild med teater og kunstudstillinger og gode film. Men jeg er ikke selvforelsket. Jeg er forblevet beskeden.

Jeg er en undtagelse.

Derfor er det vigtigt, at jeg siger det. Uden at lægge fingre imellem. Læg ikke bånd på jer selv. Stå frem.

Shine your light!

De kærligste hilsner,

Lone

*

SJÆLLØS
Hej Birger, Esmeralda, Bjarne, Therese, Lis og Lone

Efter længere tids overvejelse er jeg nået frem til dette. At jeg har bevidsthed og følgelig ikke sjæl. Har I også gjort jer den overvejelse? Jeg synes det er en central én.

Jeg er sjælløs så at sige. I måske også.

Nicky

*

SYV SYGE SOLSORTE
Kære Birger

1
Syv syge solsorte sætter sig sammen.

Måske er det et herligt solskinsvejr.

Måske er vejret fint og sart.

Men antageligvis pisker regnen ned i stride strømme og det er et frygteligt blæsevejr, som går gennem marv og ben og tuder i træerne, for det er oktober, oktober som det kun kan være oktober i Danmark fuld af regn og slud og blæst og kulde og melankoli.

Og solsortene er alle som én våde ind til skindet og forkomne og dødtrætte, og ved ikke hvad de skal gøre af dem selv, og de sidder blot og skutter sig, rystende af kulde, og stirrer ind i uvejret med blæksorte øjne.

Derpå flyver en bort og dør.

En til letter, opsluges af regnvejret, og kommer På Afstand.

Og en til, og se, en solskinshistorie.

Og endnu en, den forsvinder og hengiver sig til at SPISE, at ryge og drikke, det moralsk rigtige, fanatisk motion og evigt lange DVD-aftner.

Kun to bliver tilbage.

2
Og de to solsorte holder palaver.

Dag ud og dag ind holder de palaver. Uge efter uge holder de palaver. Måned efter måned holder de palaver. De holder palaver, er tavse, og holder palaver igen. Uden at røre stort på sig. Det er det hele.

Og intet ændrer sig.

Men de ved ikke hvad andet at tage sig til.

3
Og de sidder dér. Og holder palaver. Om sygen.

Og imens går efteråret på hæld, og det så typiske danske efterårsvejr med regn og rusk og et endeløst, håndfast mørke, bliver afløst af en typisk dansk vinter med regn og rusk og et endeløst, håndfast mørke og for afvekslingens skyld enkelte snebyger. Som igen bliver afløst af et typisk dansk forår med aftagende regn og rusk, samt et svindende, men stadig håndfast mørke, og overalt spirende erantis og krokus og gulligt græs som atter grønnes.

Og de sidder dér. Og holder palaver. Om sygen.

Dog, lige pludselig, uden forvarsel, på flaksende vinger, flyver den ene solsort væk.

Det var mærkeligt.

4

Alligevel, ved nærmere eftertanke, er det vel helt normalt at en solsort, eller for den sags skyld hvilken som helst fugl, pludseligt flyver bort. Det er noget fugle tit gør.

Det er noget de træner sig op i. De er eksperter. Deres far og mor har indprentet det hos dem fra barnsben af. I er nødt til at flyve væk. Pludseligt. Hvis I vil overleve.

Så det der er mærkeligt, er at jeg skriver det er mærkeligt.

Mærkeligt.

5

Det er det jeg skal. Være som solsorten.

Tage ved lære at det fugle får indprentet fra barnsben af, men som ingen har taget sig tid til at fortælle mig. Jeg skal flyve bort. Ikke efter årelange overvejelser og udskydelser. Pludseligt.

Sådan overlever man. Ved at flyve væk.

6
Fugle er også mennesker.

Birger, det må du forstå. I alt det vi har skrevet har det ligget og
ulmet lige under overfladen. Ligesom i den drøm Borgers havde,
hvor han siger til sin ven han er forandret og som bevis viser ham
sin hånd, som han ellers holder skjult under frakken. En fugleklo.

7
Jeg er ked af det. Jeg har vinger.

Kærligst,
Esmeralda

*
JEG SKRIVER INGENTING
Kære Esmeralda

Kender du det, at man kigger væk uden at sige noget. At ord ligger
og gnaver bag tænderne, som man bider hårdt sammen, så intet
kommer ud. Man vil sige noget og alligevel ikke. Et ikke-svar. En
fortielse, ligegyldighed, en jeg-ved-ikke-hvad-jeg-skal-sige.

Som når der står: Han sagde ikke noget.

Sådan en mail er denne. Jeg skriver ingenting.

Kærlig hilsen,
Birger

*

Kære Birger

Vores mailkorrespondance har jeg lagt ned til de andre papirer, som mine søskende har forfattet. Dermed lukker cirklen sig, idet jeg sender det tilbage til Albert.

Kærligst,
Esmeralda

**ALBERT VON RASPUTIN RAPSHOVED MELPOSE
DEN ANDEN**

*

SYV DRØMME

Jeg har drømt om syv måder, jeg kan afslutte denne historie på.

FØRSTE DRØM

I den første drøm går jeg på posthuset for at sende manuskriptet til et kendt og respekteret forlag.

Jeg er iført mit bedste tøj og ligner en vinder.

Ikke så snart er jeg hjemme igen, før telefonen ringer. Det er redaktøren fra det kendte og respekterede forlag. Han forsøger at skjule sin begejstring, men det mislykkes.

Han vil have manuskriptet udgivet med det samme. Allerede samme eftermiddag. Det er perfekt som det er. Ingen rettelser er nødvendige. Rapshoved Melpose, som bogen kommer til at hedde, kommer i trykken. Og derpå i butikkerne. Der er vel på dette tidspunkt højest gået to timer siden jeg afleverede det på posthuset.

Folk er ellevilde med det. Om aftnen er jeg i TV Avisen. Studieværten græder. Alt hvad jeg siger, er på den ene side blytungt af visdom og har samtidig noget fjerlet over sig.

En klassiker er født.

Ved midnatstide besøger jeg fars grav.

I den ene hånd har jeg et signeret eksemplar af Rapshoved Melpose. I den anden en generøs buket røde roser. Det vil glæde far. Især bogen, hvori jeg også har skrevet et par venlige linjer. Men da jeg vil lægge bogen og roserne på graven, skyder en knoglehånd op af jorden. Den lukker sig jernhårdt om mit håndled og trækker mig ned. Jeg hører en hæslig, hvislende stemme dernede. Far vil sige noget til mig.

Det lyder som en opsang.

ANDEN DRØM
I den anden drøm går jeg også på posthuset for at sende manuskriptet til et kendt og respekteret forlag.

Men ingen melder sig.

Til sidst kan jeg ikke holde det ud mere. Jeg samler alt mit mod og ringer til redaktøren. Han ved hvilket manuskript det drejer sig om. Men han spiller uvidende. Han gør sig umage for at være gennemskuelig.

Derpå er det som går pråsen op for ham. Han bliver direkte ond og hiver detaljer frem fra manuskriptet, blot for at nedgøre og trampe på dem. Alt ryger i sølet. Hvert komma, hvert punktum. Jeg har ham mistænkt for at have manuskriptet liggende lige foran sig. Med en dolk igennem det. Blodrødt af rettelser. Dødt. Dræbt.

Jeg sender manuskriptet til andre forlag. Mindre kendte, mindre respekterede. Med samme resultat.

Til slut befinder jeg mig igen ved fars grav. Jeg kaster mig hulkende ned og favner graven. Ingen knoglehånd skyder op. Ingen opsang. Men jeg fornemmer at far vender uroligt på sig.

TREDJE DRØM

På tredjedagen om aftnen tør jeg knapt lægge mig til at sove. Jeg læser. Tør ikke høre op. Derpå ligger jeg og vender og drejer mig. I det uendelige. Til slut falder jeg alligevel i søvn. Jeg synker i dens våde mørke. Som en druknende der føres mod havets bund.

Der mødes jeg med Frederik og Esmeralda. Vi befinder os uden for lejligheden, hvor Marie bor. Vi er alle bevæbnede. Jeg med et stort sværd besat med juveler. Frederik med en uanselig kølle. Marie med to knive. Frederik holder et papir i hånden, som han omtaler som »planen.« Han mumler noget uforståeligt. Jeg forstår at det var forkert af mig at involvere ham i planlægningen. Måske en fatal fejl.

Vi er kommet for at dræbe Ulivet.

Jeg ignorer Frederik og sparker døren op. Med det samme hører jeg Marie skrige op. Jeg stormer ind med løftet sværd, parat til at tildele det afskum til Ulivet et par drøje hug. I stuen finder jeg kun Marie. Hun stirrer skrækslagen på mig. Bag mig hører jeg Frederik hyle op. Jeg snurrer rundt tidsnok til at se Ulivet begrave Frederiks kølle i hans eget hoved. Igen ærgrer jeg mig over at have taget ham med. Ulivet gør front mod Esmeralda, som viger tilbage i defensiven. Med to velanbragte slag frarøver den hende de to knive og går løs på hende. Idet jeg stikker mit sværd i Ulivets ryg, falder Esmeralda til jorden. Død.

Derpå dør Ulivet også.

Drømmen slutter abrupt med at jeg omfavner Marie. Hun græder. Taknemlighed stråler ud af hende.

Det er en happy end. Selv om det selvfølgelig var lidt synd at Frederik og Esmeralda skulle dø.

FJERDE DRØM

Denne drøm hjemsøger mig midt på dagen, idet jeg døser hen i sofaen. Uden at ville det. Med paraderne nede. Det er en rå, ubehagelig og kold drøm. Som sne i januar.

Manuskriptet er blevet væk. Jeg ved hvor jeg havde lagt det. På mit arbejdsbord. Men det er væk. Jeg endevender huset. Jeg går i mig selv. Prøver at finde det glemte punkt, hvor jeg lægger papirerne væk. Men det undslipper mig. Samtidig ved jeg med usvigelig sikkerhed at det er mig, som har gjort det. Manuskriptet er ikke blevet stjålet. Som drømmen skrider frem, bliver jeg mere og mere ude af mig selv. Jeg kan ikke holde op med at lede. Mine hænder ryster, jeg slingrer gennem huset.

Da jeg ved et tilfælde ser mig selv i spejlet, er det Frederik som kigger tilbage. Jeg er ikke længere mig selv. Men det er ikke det hele. Jeg ser at manuskriptet er fastgjort med en tyk, brun gaffatape til mit hoved. Det forekommer mig absurd at jeg ikke har mærket det. Jeg skærer tapen over og piller forsigtigt papirerne fra hinanden.

Så ringer telefonen. Det er Frederik.

»Du findes ikke mere, dit røvhul,« siger han og griner ondt.

Manuskriptet sejler ud af mine hænder. Papirerne fordeler sig på gulvet. Jeg rører ved mit ansigt. Men mærker kun Frederiks. Jeg går igen i mig selv. Men derinde er Frederik.

Jeg ser det for mig. Manuskriptet har kun værdi i form af det historierne udtrykker for mig. Alt andet er ligegyldigt. Udgivelsen af dem er derved uden betydning. Som Kafkas breve til Milena. Et dybt personligt dokument som lever og brænder i et mellemmenneskeligt rum og skyr det offentlige, som har sin hele eksistens i det private.

FEMTE DRØM

Jeg er ligeglad. Søvnen kan man ikke flygte fra. Det er i bund og grund hvad det handler om i den femte drøm. At man er fanget af sine drømme. For altid. Uhjælpeligt.

Det begynder ellers fint.

Det er en sval sensommeraften. Jeg flanerer omkring i den indre by. Jeg er glad og ung igen. Åbenbart har jeg drukket. Min krop føles let, stærk, smidig og i stand til alt. Da jeg passerer Kadetten & Vildsvinet føler jeg en ubeskrivelig sult, så jeg går ind og slår mig ned ved et bord.

Ikke så snart har jeg sat mig, før far glider ned på stolen overfor mig.

»Jeg vidste du ville komme,« siger han og smiler. »Du er forud-sigelig.«

Jeg stirrer bare lamslået på ham.

»Ja, jeg er død,« siger han. »Men i drømme er alt muligt.«

Jeg nikker bare. Det har han vel ret i. Jeg vil sige noget, men så står der en tjener ved bordet. Han smiler. Alligevel bryder jeg mig ikke om den måde hvorpå han betragter mig.

»Hvad ønsker de herrer?«

»Ingenting,« siger far uden at værdige ham et blik. »Eller vent lidt, et glas vand gerne. Fra hanen.«

»Javel,« siger tjeneren uden at fortrække en mine.

169

Jeg kigger udfordrende på ham.

»Vin. Den dyreste vin, de har. Og noget at spise. Også det dyreste. Lige meget hvad. Og et glas vand.«

»Det dyreste vand, formoder jeg?« siger tjeneren frækt, mens hans ansigt stadig er venligheden selv.

»Ja, det dyreste vand.«

»Så gerne.«

Derpå forsvinder han. Far trommer utålmodigt med fingrene på bordet. Ryster på hovedet.

»Du har aldrig forstået at begrænse dig. End ikke i drømme. En af dine store svagheder. Jeg kunne nævne mange. Men lad os nu blive ved denne. Din manglende begrænsning.«

»Ja,« siger jeg bare. »Lad os blive ved den.«

»Den svaghed har formet dig. Sammen med de andre. Det må være trist at det er sådan. At blive formet af svaghed. Jeg havde ellers de største forhåbninger. Til dig.«

»Det havde du, ja.«

»Når vi spiste til aften, lod jeg af og til en bemærkning falde. Om mulighederne i dig. Det havde de andre godt af at høre.«

»Det havde de vel.«

»Men der hører et ansvar med til at have muligheder. Ansvar og disciplin og tro. Det var det, du i sidste ende manglede. Du gav ikke dine muligheder grobund. Du lod dem bare vokse vildt. Indtil de visnede. De vendte sig mod dig, udtørrede og døde, og blev den

170

byrde du skulle bære. Jeg tror denne byrde var dig for stor. Den maste dig flad.«

»Nå,« siger jeg. »Jamen det lyder jo ikke så godt.«

»Alt det ubrugte lod dig indse din begrænsning. Det spøjse var at du samtidig ikke ville indse det. Du hang og spjættede. Som en sprællemand. Og for nu at vende tilbage til det med din manglende begrænsning, den har jo netop sin årsag i at du ikke TURDE forstå at du var et begrænset individ, samtidig med at du var på det rene med det. Har jeg udtrykt mig klart?«

»Et begrænset individ?«

»Ja, et begrænset individ.«

»En sprællemand?«

»Spjættende som en sprællemand. Ikke mere, ikke mindre.«

»Så har jeg vist forstået det.«

»Spøjst, ikke?«

»Jo, spøjst.«

Tjeneren vender tilbage med vandet til far, som han forsikrer »er friskt fra hanen,« og vinen til mig. Vinen skænker han op uden at oplyse mig om hvor den er fra. En bund af mælkehvid substans. Jeg nipper til den. Det er virkelig mælk. Jeg affinder mig med det.

»Den er fin,« siger jeg.

Da tjeneren er væk, ryster far igen opgivende på hovedet.

»De kan gøre med dig hvad de vil. Så er vi tilbage ved de ubrugte muligheder. At de har udhulet dig.«

Jeg stirrer bare på mælken.

»Ja, jeg føler mig udhulet og ødelagt.«

»Og uduelig?« foreslår far.

»Ja, også det.«

»Og til ingen nytte?«

»Ja.«

»Er det derfor du har skrevet de historier? Bare for at lave noget?«

Det er mærkeligt som det kan være svært at modsige visse mennesker. Selv om man ved de tager fejl. Selv om man ved at de ikke forstår en brik af noget som helst.

»Ja.«

»Du forestiller dig vel at det er andet end tidsfordriv. At det har en form for værdi?«

»Sådan forholder det sig vel,« indrømmer jeg blankt.

»Se bare,« siger far. »Al din ulykke kommer af at du ikke kan mande dig op og sige mig imod. Jeg kan smide dig i sølet og træde på dig lige så tosset jeg vil og du gør intet.«

»Det ser virkelig sådan ud,« samtykker jeg.

»Det ser vist sort ud for dig,« siger far.

»Det gør det vist.«

»Man må sige du er et sølle skrog.«

»Det må man sige, ja.«

»Jeg tror jeg skal brække mig. Føj!«

»Det tror jeg også jeg skal.«

»Du har en rygrad som udkogt spaghetti.«

»Udkogt spaghetti, ja.«

Far slår opgivende ud med armen. Han drikker en slurk vand, hvorpå han tager sig til hovedet.

»Jeg ved ikke hvad jeg skal sige.«

»Jeg ved heller ikke, hvad jeg skal sige.«

»Det er temmeligt alvorligt, det her.«

»Temmeligt, ja.«

I det øjeblik materialiserer tjeneren sig. Med en flot bevægelse serverer han for mig. Jeg stirrer vantro på tallerknen. Der ligger tre uskrællede og tilsyneladende ukogte kartofler på den. Med jord på.

»Det er det ypperste, vi tilbyder,« siger tjeneren og giver sig sagkyndigt til at forklare anretningen.

»Det er friske kartofler,« siger han. »Så friske som de kan blive. Jeg har lige gravet dem op. Serveret med et anstrøg af udsøgt dansk muld. På en baggrund af tom tallerken.«

»Det ser fantastisk ud,« hører jeg mig selv sige. »Min kompliment til kokken.«

SJETTE DRØM

»Røv og nøgler.«

Hønen sidder på mit bryst. Oven på dynen. Den ser ualmindeligt misfornøjet ud. Dens højrøstede udbrud river mig ud af magelige drømme. Dens kløer borer sig ind. Jeg stønner af smerte.

»Røv og nøgler,« gentager den.

»Hva?« får jeg fremstammet.

Den løfter hovedet, kigger rundt. Vredt.

»Du skal på nu,« fortsætter den. »Og her ligger du dæleme og gasser dig. Tror du vi gider vente?«

Det ser ud som om den forventer et svar.

»Nej,« siger jeg uden at have den mindste anelse om hvad den taler om. »Det tror jeg selvfølgelig ikke.«

»Så se at komme ud af fjerene! Hør! De skriger af fuld hals. De vil se dig derude! På gårdspladsen.«

Derpå springer hønen ned og piler væk. Jeg ligger nogle øjeblikke og forsøger at vurdere om det mon er noget jeg har drømt. Det er tvivlsomt. Et svagt månelys falder skråt ind gennem en sprække i gardinerne. Jeg lytter, men kan ikke høre nogen som skriger af fuld hals. Måske skyldtes det at min hørelse ikke er så god som en hønes.

Jeg kommer på benene. Hvem er det, der venter på gårdspladsen? Forsigtigt skæver jeg ud af køkkenvinduet.

Og dér ser jeg dem. Alle Skovens Dyr. Ventende. Foran dem er mine tre gamle lænestole fra stuen sat op. Belyst af et par projektører. Det er ikke til at tage fejl af. Det er en scene. Tilskuerne har indtaget deres pladser. Utålmodige efter at se stykket begynde.

Åbenbart får de øje på mig. For pludselig høres høje råb, hvæsen og brølen blandt dyrene. Jeg tør ikke andet end at gå ud. Hoveddøren slår jeg op med et brag. Søvndrukken, som en fulderik, raver jeg ud. Som om alt glider mig af hænde. Virkelig alt.

Men det er en storslået entré.

De forstummer alle som én. Og fordi det i dette øjeblik bliver dødstille, hører jeg motorlarmen. Og Alle Skovens Dyr hører den også, og det slår atter stilheden i stykker. Som var den bare af tynd is.

Og jeg ved stadig ikke hvorfor. Jeg ved ikke hvad der var ved at ske. Jeg ved ingenting.

Et lys strejfer uroligt frem og tilbage mellem stammerne. To gule øjne. Som selve skovens konge, der varsler sin ankomst. Men sådan forholder det sig ikke. Det er en Mazda.

Alle Skovens Dyr stivner. De stirrer ind i lyset og falder derved ligesom ud af verdnen. Som findes der kun den blændende kilde lyset er. Alt andet er uden betydning.

Mazdaen gør holdt på gårdspladsen. Ud af den stiger til min store overraskelse Susanne Avnhøj, min ungdomskærlighed. Uden at værdige mig et blik, åbner hun bagdøren og trækker en radmager mandsling ud. Han ser ud til at være skrøbelig som glas.

Vi tager alle plads på de tre stole. Fra Alle Skovens Dyr lyder et lettelsens suk. De falder til ro.

Derpå begynder forestillingen.

»Du kunne i det mindste have taget rigtigt tøj på,« siger Susanne.

Jeg er stadig i pyjamas. Det er vist et stykke tid siden den er blevet vasket. Den har et par grimme kaffepletter.

»I kommer uanmeldt. Midt om natten. Hvad forventer du?« giver jeg tilbage.

»Anstand,« siger hun. »At man står op rettidigt og gør sig lidt i stand. At man undtagelsesvis måske kan gøre sig en smule umage. Bare det.«

Mandslingen stirrer på mig. Et ubehageligt, gennemborende blik.

»Men det var vist aldrig din stærke side.«

Jeg mumler noget uforståeligt, mens jeg stjålent skæver til Susanne. Hun har mejet sig godt ud. Men det jeg dengang faldt for, alt det der forekom så naturligt, syntes nu fordrejet og kunstigt. Som famler hun efter noget tabt. Sin ungdom. Skøn-hed. Charme.

»Vi har alle vores svage punkter,« forsøger jeg at glatte ud.

»Har du andet?« Hun smiler spydigt.

Jeg forstår ikke hvorfor hun er så stridslysten. Hvad er egentlig meningen med dette træf?

»Hvem er ham der?« Jeg peger på mandslingen.

»Det er Mesteren.«

Der er ikke antydningen af ironi i hendes stemme. Tværtimod. Hun ser gravalvorlig ud.

»Mesteren?«

»Sådan vil du også tiltale ham. Han er den, der har lagt sit navn bag sig. Han er lysets lys.«

Det giver et gib i Mesteren, som har nogen trykket på en usynlig knap og derved aktiveret ham.

»Nej, forkert, ikke jeg er lysets lys. Kærligheden er lysets lys,« siger han. »Og forelskelsen er det at tænde lyset. At favne lyset. Og se bare, man bliver til et flammehav!«

Han synker tilbage i den vegetative tilstand. Som er han slukket igen.

»Javel,« siger jeg.

»Sådan er det,« bekræfter Susanne og nikker. »Mesteren har oplært mig. Han kom til mig, da jeg kom til ham. Jeg kom til ham, da han kom til mig. Han forklarede mig alt. Altings sammenhæng.«

»Javel,« siger jeg.

»Fordi alt hænger sammen. Det er ikke alle, de har forstået det. Det er en indsigt man må arbejde sig frem til. Gennem omgang med lys. Og med mørke. Og med kærlighed.«

»Javel,« siger jeg.

Susanne ryster på hovedet.

»Javel, javel. Sådan sagde du også altid dengang. Selv om du egentlig ingenting forstår. Forstår du måske, hvor vanskeligt det hele er? Af alt i denne verden er det at komme til indsigt, det sværeste. Indsigt er benhårdt slid. De fleste er disponeret for at stå stille. For det vegetative.«

Det lyser atter op i Mesterens øjne.

»Og se, de skal vandre gennem Skyggernes Dal,« deklamerer han. »Og deres øjne skal kun kende Mørket. Og se, de vil frygte kærlighedens forjættende lys. Det er det vegetative, alt livs ophør.«

Lyset slukkes igen.

»Jaså,« siger jeg.

Susannes øjne hviler granskende på mig.

»Jeg er bange for at du ikke fatter en brik af det her. Men egentlig er det ligegyldigt. Vi er ikke her, for at du skal komme til indsigt. Så kunne vi sidde her længe.«

Hun griner. Mesteren fortrækker ikke en mine.

»Jeg er et Mørkets Barn,« fortsætter Susanne så.

Jeg siger ingenting.

»Det er en indsigt jeg er kommet til. Det har taget år. Men nu ved jeg det. At jeg tilhører Mørket.«

»Du har aldrig lagt mig bag dig.«

Susanne blik er ubehageligt triumferende.

»Jeg er bange for du tilskriver dig selv for stor betydning,« siger jeg, men får dog straks dårlig samvittighed og forsøger at glatte ud. »Men det var ikke rart, da du gik din vej. Det vil jeg ikke benægte.«

»Nej,« siger hun. »Det var ikke spor rart. For dig.«

»Det var et tab,« samtykker jeg.

»Et stort tab, det var det-du-ikke-kunne-lægge-bag-dig. Se bare på dig selv nu. Du er en skygge af dig selv. Du vendte dig bort fra alt og alle. Du gik i dig selv og kom aldrig mere ud.«

Hun smiler et indtagende smil.

Mesteren rømmer sig. Åbenbart vil han give sit besyv med.

»Og se, tabet af kærlighed, er tabet over alle tab. Det er et ikke-sted, hvor man sygner hen. Verdens ende. Det er en kærlighed, som der er blevet vendt vrangen ud på, hæsligt stillet til skue, fuld af død og fortabelse. En kærlighed som slår ihjel.«

De tier begge. Publikum er også tavst. Som afventer man en skarp og modig respons. Fra mig.

»Nå,« siger jeg. »Så slemt er det vist heller ikke.«

Dyrene brummer utilfredst af skuffelse. Susanne kigger væk. Mesteren forbliver blot uransaglig.

Noget i mig rejser sig og går sin vej. Jeg følger efter. Jeg går simpelthen væk. Lader dem alle bag mig.

Jeg har lyst til at købe et tidsskrift.

Af og til har man brug for et tidsskrift, og nu er sådant et tidspunkt. Jeg har brug for et godt tidsskrift. Om det er dyrt spiller ingen rolle. Måske har jeg endda brug for to tidsskrifter, måske endda to af den dyre slags. Tidsskrifter fulde af eksakt viden og træffende udtryk og en masse forklarende illustrationer som man kan fordybe sig i.

Jeg går gennem skoven i det dybeste mørke, famlende mig frem, iført mit nattøj, tænderklaprende af kulde, i den hensigt at finde den nærmeste kiosk og købe et par tidsskrifter.

Det forekommer mig må være det rigtige at gøre.

SYVENDE DRØM

Den syvende drøm er en hviledrøm. I bløde pastelfarver, hvor alt er en smule uskarpt. I et idyllisk, pastoralt landskab. Jeg er barn igen og ligger henslængt i græsset, tyggende på et græsstrå. Mine søskende er der også. Ved siden af mig har Elisabeth slået sig ned. Hun iagttager nogle langsomt drivende skyer. Frederik tager for sig af den medbragte mad. Marie kigger på mig og smiler. Så kigger hun væk og smilet blegner en smule. Men da hun igen skæver til mig, må hun smile igen.

Dér kommer far. Han har hindbærbrus med. Flaskerne klirrer. Han ser lykkelig ud.

»Du kommer som sendt fra himlen,« siger mor. Hun sidder bagved os. Det er først nu jeg lægger mærke til hende. Hendes stemme er fløjlsblød. Jeg har altid elsket den.

»Ja,« siger far. »I stakler må være godt tørstige.«

Jeg føler en ubændig trang til at give far ret. Han kan sige hvad han vil og jeg vil give ham ret.

»Jeg er godt tørstig,« siger jeg.

Jeg kan se hvor det glæder far at høre det.

»Det er jo det jeg siger,« siger han og griner.

Han deler hindbærbrus ud, skåler med os alle og sætter sig derpå hen til Frederik og giver sig i kast med alt det højbelagte smørrebrød.

Efter at det har været stille lidt, taler far igen, gumlende, en smule forsagt. Han kigger ikke på nogen bestemt. Bare ud i luften. Men vi ved det. Han henvender sig til os alle.

»Jeg foreslår at vi glemmer det hele.«

Maries smil flagrer en smule, indtil hun igen får fokuseret på mig. Det er mig der svarer. Alle de andre er tavse.

»Ja,« siger jeg. »Lad os glemme det hele.«

Igen stråler fars ansigt.

»Godt. Så har vi den klaret.«

*

EN FLOD AF BLÆKSORT GALDE
Jeg har skrevet alle drømmene ned. Ikke fordi jeg tillægger dem synderlig værdi. Ikke for at nå til en dybere indsigt. Mere som tidsfordriv.

Jeg har virkelig fået fat på et par gode tidsskrifter fra en velassorteret kiosk. Jeg gik såmænd også og spiste på Kadetten & Vildsvinet. Jeg ved ikke helt hvorfor. Det var en skuffelse. Jeg har drukket hindbærbrus. Jeg har ringet til Marie. Det var en kort, intetsigende samtale. Jeg har læst lidt om forlag. Det er en verden, som forvirrer mig.

Jeg går i gang med at restaurere et bord. Det skal slibes og lakeres. Muligheden er der for at skabe et umådeligt smukt bord. Jeg giver hurtigt op.

Jeg har prøvet at afslutte, men det vil aldrig lykkes. Sådan har det altid været. Jeg har aldrig kunnet gøre noget færdig. Som var jeg bange for det. At noget skulle være forbi. Jeg er selv sådan. Intet i mig er færdigt.

Jeg kan ikke få ro på mig selv. Jeg vandrer omkring i skoven. I al slags vejr. Før mørket falder på, går jeg hjem. Eller jeg tager bussen. Ligegyldigt hvorhen. Jeg hugger brænde. Jeg rydder op i værkstedet. Jeg læser. Jeg køber ind. Alt der lige falder mig ind, gør jeg.

Og hvad end jeg foretager mig, er manuskriptet med. Det jeg skrev, det de andre bidrog med, og de syv drømme. Ofte bladrer jeg i det. Det er en del af mig. Noget af mit legeme, løsrevet.

Jeg ved ikke hvad jeg skal gøre af det.

Men jeg er nødt til at skille mig af med det.

Til sidst pakker jeg manuskriptet godt ind i en uadresseret konvolut. Den vil jeg overlade til det danske postvæsen. Jeg nærer en næsegrus beundring for Post Danmark. Dette store apparat af præcision og tilforladelighed. Jeg kan ikke forestille mig andet end at der her findes en særlig afdeling, som tager sig af sådanne tilfælde af uadresseret post. Disse forsendelser får vel nænsom særbehandling og der findes sagkyndige, som vurderer hvilken adressat er den bedst mulige. Post Danmark ved bedre end jeg, hvad man skal stille op med manuskriptet.

Konvolutten forsvinder ind i postkassens brevsprække. Lettelsen strømmer uhindret igennem mig. Jeg smiler. Så kom det altså alligevel til en form for afslutning.

En solsort lander på postkassen og stirrer på mig med et enligt sort og bebrejdende øje.

»Det var dumt, det der,« siger den.

Et kort øjeblik er jeg helt stum af forbavselse. Derpå er der noget, der kortslutter i mig og jeg skælder solsorten huden fuld. Alt det jeg skulle have sagt til far i drømmen. En flod af blæksort galde. På sådan vis er en solsort vel aldrig blevet hudflettet før. Men hold da op, hvor det gør godt. Solsorten basker bort på skræmte vinger.

Fint sådan.

*

DEN FILOSOFISKE SOLSORT
Der var engang en solsort som allerhelst ville beskæftige sig med livets store spørgsmål, men det traf sig altid sådan at der kom noget på tværs, og det der kom på tværs var altid det samme, hverdagens gøremål.

Solsorten ville tænke på det at være solsort, men desværre var den nødt til at vaske tøj. Den ville overveje spørgsmålet om moral, men det var højeste tid at sidde øverst i et træ og i timevis kvidre løs.

Det var til at fortvivle over. Men heldigvis havde solsorten en plan. Det var godt. Solsorte uden planer er sørgelige gestalter, det ved vi alle. En solsort med en plan er tværtimod noget smukt og forbilledligt.

Planen var enkel. Solsorten ville hurtigst muligt blive færdig med hverdagens gøremål og derefter havde den hele sit liv tid til at beskæftige sig med livets store spørgsmål. Jeg beundrer solsorten for denne plan.

Men hverdagens gøremal har noget djævelsk over sig. De stabler sig op på hinanden, de er endeløs. Man bliver aldrig færdig med dem. Jo mere man prøver, jo mere udsigtsløs ser det ud. Jo mere man får gjort, jo mere er der at gøre.

Solsorten gik det dårligere og dårligere. Den kunne knapt sove.

Så skete der det at den traf en anden solsort. Den så også ud til at have det dårligt. Og træt. Den ville helst beskæftige sig med hverdagens gøremål, men hele tiden kom livets store spørgsmål på tværs.

Den ville vaske tøj, men var nødt til at at tænke på det at være solsort. Den ville sidde højest i et træ og kvidre løs i timevis, men måtte overveje spørgsmålet om moral.

Og se bare, de to solsorte forelskede sig og passede perfekt til hinanden. Jeg kender ingen andre solsorte, der formåede at få så meget gjort, det være sig hverdagens gøremål eller i livets store spørgsmål.

Og aldrig før havde de sovet så godt, og hvis solsorte kan sove godt, er det en happy end.

*

HAREN SOM DELTE ALT OP

1

Der var engang en hare som delte alt op.

Sine gulerødder delte den op. Græsstråene den sov på. Håret i dens pels. Sine ører. Alt blev delt op. Det er der egentlig ikke noget usædvanligt i. Det gør de fleste harer.

Men haren gik et skridt videre. Den delte sit liv op. Og sin kærlighed delte den op. Og sine drømme. Hvis det gik den godt, delte den det gode op. Hvis det gik den dårligt, delte den det dårlige op. Ligegyldigt hvad, så blev det delt op. Men heller ikke det er så usædvanligt. Mange harer gør det så sådan.

2

Haren delte også sine tanker op.

Det er faktisk praktisk sådan. Og det var en praktisk anlagt hare. Den delte sine tanker op i de tanker den tænkte og i de tanker som den ikke tænkte. Det gjorde den eftertænksom. Og den delte sin eftertanke op. Og den tænkte på det den ikke tænkte på.

Og delte det op.

3

Så skete der det, at haren besluttede sig for aldrig mere at dele noget op.

Der findes lette, hurtige beslutninger, og der findes langsomme, tonstunge beslutninger. Der findes beslutninger man traf for eksempel i går, og der findes beslutninger, som ligger eviglangt tilbage. Desværre forholdt det sig sådan at beslutningen om at dele alt op var en tonstung beslutning, som lå eviglangt tilbage.

Stakkels hare!

4

Lette, hurtige beslutninger fra i går er som oftest ændret i en håndevending. Det er slet ikke svært. Men med langsomme, tonstunge beslutninger som ligger eviglangt tilbage, går det ikke så nemt.

Jeg er derfor desværre bange for at denne historie ikke får en happy end.

Men haren begav sig uden videre betænkninge af sted på den eviglange vej tilbage til der hvor beslutningen var taget som om det var det nemmeste af verden. Vejen var virkelig uendelig lang og fyldt med alskens farer, men haren gav aldrig op. Og til slut ankom den virkelig til den tonstunge beslutning. Godt gået, hare!

5

Det var desværre blot begyndelsen. Som man kan forestille sig er det ikke nemt for en lille hare at flytte en tonstung beslutning. Men haren begyndte at bakse løs med beslutningen, som var den ligeglad. Det tog lang tid, det tog uger, måneder og år. Milimeter for milimeter lykkedes det haren at flytte beslutningen. Den holdt ingen pauser.

Til sidst havde den virkelig flyttet beslutningen så meget, at den ikke mere måtte dele alt op. Da havde den brugt alle sine kræfter op. Haren var blevet gammel og træt.

Den levede blot et par få dage, men disse få dage var de skønneste i hele dens liv. De var det hele værd.

Livet var ikke mere delt op. Dens kærlighed var hel. Dens drømme var fuldstændige. Tankerne også.

*

PÅ AFVEJE

Jeg var på afveje langt inde i skoven. Indsigten kom som et knytnæveslag i ansigtet. Slog pusten ud af mig.

Jeg undrede mig ikke mere. Sådan var det. Jeg gik gennem livet med lukkede øjne og ører. Hvor lang tid siden var det jeg havde følt noget?

Desperat forsøgte jeg at gribe tanken. At undre mig over at jeg ikke undrede mig mere. Forgæves.

Oppe i et træ fik jeg øje på den. Jeg ved ikke hvor længe den allerede havde betragtet mig. Dens blæksorte øjne, dens lille brune krop som var fuldstændigt stille. Et egern.

*

EGERNET SOM UNDREDE SIG
Der var engang et egern som undrede sig. Det havde det altid gjort, og der var inget der var for småt til at undre sig over. Den undrede sig over træerne, over nødder, over sin hale. Den strøg sig forsigtigt over pelsen, kneb sig selv hårdt i maveskindet.

Undrede sig over sig selv.

Altid når den undrede sig, holdt den inde. Den kunne stå i timevis, ja fra morgen til aften og undre sig. Den undrede sig også i søvne. Over sine drømme, over søvnen selv.

Men fordi den altid undrede sig, fik den ikke meget fra hånde. Den var en sulten, ubehjælpelig stakkel, og de andre egern, som aldrig havde forstået den, mente den var tosset.

Så engang mødte den en los. Lossen havde fra fødslen af været på benene og aldrig undret sig over noget som helst. Alt var som det var. Det var der intet at gøre ved.

De blev bedste venner.